岩波文庫

32-343-1

対　訳

フロスト詩集

——アメリカ詩人選(4)——

川本皓嗣編

岩波書店

COMPLETE POEMS OF ROBERT FROST
by Robert Frost

Illustrations by John O'Hara Cosgrave II

Text Copyright © 1969 by Henry Holt and Company

This Japanese edition published 2018
by Iwanami Shoten, Publishers, Tokyo
by arrangement with Henry Holt and Company, New York
through The English Agency (Japan) Ltd., Tokyo.

All rights reserved.

Every effort has been made to trace the copyright holder of the illustrator.
Iwanami Shoten, Publishers apologizes for an unintentional omission and
would be pleased, in such case, to add acknowledgment in future editions.

はじめに

フロストの詩

　ロバート・フロストはときに、アメリカ北東部ニュー・イングランドの古風で素朴な農民詩人・自然詩人と呼ばれることがある。これは大きな誤解のもとだ。たしかに詩の題材としては、たびたび自然や農作業が取り上げられるが、実は彼のようにテーマが多種多様で面白い詩人、独創的な詩人は珍しいだろう。彼の詩を読んでいると、こんなことが詩に詠み込まれることはかつてなかったという思いにとらわれることが多い。

　21世紀の現在、フロストはすでに前世紀アメリカ随一の、いや英語圏全体を代表する詩人の1人としての真価を確立しただろうか。アメリカのすぐれた詩人・批評家のランダル・ジャレルが1952年に『詩と時代』で彼を絶賛してから早くも半世紀以上が経過し、ケネディ、オバマというとりわけ知的な2人のアメリカ大統領がその詩に感銘を受け、日本では美智子皇后が第2次世界大戦中の少女時代から深く愛してこられた詩人、ピュリツァー賞を4回も受賞するという例のない栄誉に輝いた詩人、そして権威ある「アメリカ文庫」でまるまる1巻をささげられた詩人の1人。どう見てもひたすら優れた詩を書くためだけに生まれてきたかのようなこの天才詩人の価値を、批評家や文学史家がただちに賞賛するのをためらわせるもの ── 多くの読者が熱愛する「国民詩人」と、

文壇の一部が容易に認めようとしない「大衆詩人」との狭間(はざま)に、彼をさまよわせかねないものは、いったい何だろうか。

フロストは現実に多くの読者に愛読され、高く評価され、たくさんの教科書に採録されている。それは故国アメリカだけの現象ではなく、彼が最初の詩集2冊を世に問うたイギリスでも、事情は同じことだ。そのフロストに、少数の研究者などが太鼓判を押すのにまだ二の足を踏んでいるのには、わけがある。その1つは、フロストが誰にも読めそうなやさしい単語ばかりの詩、いわば基本1000語以内の初心者向けと見える詩を書いているからだ。そもそもかのT・S・エリオットらと並ぶ20世紀の現代詩人でありながら、「知的」で稀少な語をほとんど使わないとは、いったいどういうことか。よく知られる作品、「雪の夜、森のそばに足を止めて」(142頁)にしても、難解な表現は1つもない。よく言われる通り、たしかに小学生でも楽に読めそうに見えるかもしれない。しかし、この詩は本当に小学生にも造作なく意味が「わかる」のだろうか。意味だけではない。その練りに練ったフレーズのひびき、語調の適切さ、多彩さが子供に理解できるだろうか。何でも一見やさしそうに見えるものを軽く見て、反対に難しいものならむやみに有難がるという、どこの国にも共通する倒錯した心理がここにも潜んでいそうだ。

実はフロストは、テニソンやロングフェローのような19世紀の詩人にくらべて、むしろすぐにはわかりにくい方に属しているようだ。なぜなら彼は、決してものごとに性急な判断を下さないタイプだからであり、そもそも現実とはいつでも理想と現実、天国と地上、孤独と連帯、希望と落胆、自然

と人生といった両面があり、そのどちらか一方だけに簡単明快な決断を下すことを許さないから、そしてつねに曖昧でどっち付かずの状態に身を置くことを読者に強いるからだ。彼の詩はたいていニュー・イングランドの田舎の風景や農作業の一こまを出発点とするが、それが単なる自然の描写や賛美に終始することはまずない。彼の関心はつねに人間の心そのもの——自然を相手にする場合でも、自然のなかで人間が何を感じ、何を考えるかという点にある。その表現は卓抜で魅力的だが、たとえば英国のワーズワスのように、現実を無視して一方的に自然と人間の調和に肩入れしたりするのは、フロストとはまったく縁遠いやり方だ(彼はワーズワスに深く傾倒する反面、彼をライバルとして敵視している)。フロストのようなリアリストには、そのように単純な思い込みないし自己欺瞞は許しがたい、というより、そもそもあり得ないのだ。

　彼の詩を読むとき、むやみに結論を急ぐのは禁物だ。彼は詩のなかで、わざと相反する2つの立場を強調しながら、どちらの立場にくみするかを最後まで明らかにしないことが多い。その傑作の1つ、「選ばなかった道」(90頁)がその点を雄弁に物語っている(そして彼の詩がとかく誤解を招きやすい事情も、まさにその辺にあるようだ)。ここでは一見したところ、彼が森の中で二手に分かれた道の片方をあえて選んだことを自慢しているのかどうか、読者にはなかなか判断がつかない。実はどうやら彼は、人生には付きもののそうした二者択一自体を悔やんでいると思われるが(ここでも断定は避けたい)、この詩をアメリカで最も高名な詩の1つにした

のは、皮肉にも、前者の解釈の方(「私は人通りのより少ない方の道を選んだ。それが後に大きな違いを生んだのだ」)なのだ。

「意味の音」

　フロストは「語調」の詩人でもあり、その面に全力を注いでいる。彼のいわゆる「意味の音」sound of sense(「文の語調」sentence tone、「話し言葉のイントネーション」speaking intonation などとも呼ばれる)とは、およそ次のようなことだ。人がふだんの生活でものを言うとき、それぞれの言葉はなじみ深い独特の語調、抑揚、イントネーションを帯びている。彼によれば、話し言葉には「自慢げな」口調、「いぶかしげな」口調、「肩をすくめる」口調その他、多くの特徴的な起伏と響きがある。そして、ここが大切なところだが、その固有のイントネーションのおかげで、たいていの場合、われわれは言葉の中身をろくに知らなくても、相手の言わんとする意味がわかるものだ。実はこうした語調は中身よりもずっと切実であることが多く、たとえば「自分の手で／あなたは掘ったのよ ── よくもまあ ── あの子の小さなお墓を」you that dug / With your own hand—how could you?—his little grave(詩「自宅埋葬」72頁)ならば、話し手がその場で考えられるたくさんの言い方の中から、ただ1つ選び出したこの口調そのものに、言わんとする真実の思いがこもっている。こうした調子は他にかけがえのないもので、フロストは彼の書くあらゆる詩句に特定の「意味の音」をこめたという。

ここでとくに重要なのは、それら日常言語の抑揚の多彩さ、豊富さであって、たとえば音調の美しさ、滑らかさで知られるイギリス19世紀ロマン派の詩人テニソンや、19-20世紀後期ロマン派のスウィンバーンらは、フロストに言わせれば、どんな詩でもただ一本槍の「甘美な」、あるいは「荘重な」流暢さを追求しているだけであって、実際の言語のひびきの千変万化の実態を反映しているわけではない。そして、語彙の単純さにもかかわらず、この多種多様な「意味の音」のリアルな再現を徹底して重視するところに、20世紀の詩人フロストの面目があり、彼の現代人としての独創性がある。

　フロストは、彼の詩のあらゆるセンテンスに特有の響きとイントネーションを持たせ、そこに肉声の響きを伝えようとした。とはいっても、たとえば自由詩のように、話し言葉のリズムをただそのまま自然に書き流すのではなく、弱強5歩格その他の厳密な詩的リズムの型枠に従いながら、しかもまるでそんな制限など存在しなかったかのように、そこに口語の抑揚を流し込んだのだ。

　そもそも詩は言葉の響きを生命としているが、その詩についてこんなことを言い出したのは、フロストが初めてだ（あるいはフランス19世紀末の詩人マラルメも、似たような考えをもっていただろうか）。それぞれの語句のこうした生々しい響きや、いかにも英語らしい豊富な「意味の音」を読み取るのは、外国人の読者にはやさしいこととは言えないが、いい楽しみと勉強になることは事実だ。だが、それらがたんなる日常言語の忠実な再現ではなく、詩であるからには、それら日常言語の練り上げられた精髄だということを忘れるわ

けにはいかない。

フロストの生涯

　フロストを見舞った思いがけない悲劇ともいうべきは、彼自身が指名した伝記の執筆者、ハーバード大学教授のロランス・トンプソンが、詳細をきわめる大部の伝記を書き進めながら、執筆の途中でなぜかフロストの人柄に強い反感を覚え、巻末索引の「(フロストの)臆病」「嫉妬」「激怒」「復讐」「天罰」といった特異な項目の立て方を見てもわかるとおり、対象への憎しみのあらわな伝記に仕立て上げたことだ。これらは約束どおり、フロストの死後に次々と出版され、トンプソン亡きあとに出た第3巻は、弟子が共著者として書き継いでいる(皮肉なことに、とりわけ偏見に満ちた第2巻はピュリツァー賞を受賞した)。この伝記は何かといえば参照・引用される貴重な情報源だが、それが他方、あとあとまで消えがたい誤解や反発の種を生んだことも確かだ。読めばすぐにわかるフロストの詩の魅力はさておき、人物評価については、誰もまずこの巨大なハンディキャップと向き合うことから始めなければならない。

　フロストは1874年3月26日、サンフランシスコに生まれた。両親とも、もとはニュー・イングランド出身である。父はハーバード大学を出た野心的な秀才で、西海岸でジャーナリストや政治家として一旗揚げようとしたが、気まぐれな性格だったらしい。幼いフロストも選挙運動を手伝った記憶があるという。早く父が死んだのち、11歳の時、はるばる東部マサチューセッツ州ロレンスの祖父の家に移り、母は主と

して学校を営んで子供を育てた。フロストはごく若い時から詩人をめざし、その志望と情熱を生涯失うことがなかった。ハイスクール時代から詩を書き始め、ギリシャ・ラテン語や文学を学ぼうとハーバード大学に入ったが、課題として提出した詩に、若い講師があまり高くない評点をつけたため、憤然として大学を1年でやめたという。その他、高額な学費や生来の虚弱体質など、退学には他の理由も挙げられている。

のちハイスクールの優秀な同級生と結婚して、父方の祖父に買ってもらったニュー・ハンプシャー州の養鶏農場（デリー農場）を経営したが、仕事の余暇には深夜まで台所で詩作にふけったため、あまり成果は上がらなかった。ただこの時期には、つましい生活のなかで、生まれて間もない息子の死や母の死といった暗い出来事の数々があったにもかかわらず、のちに傑作として世に出る作品の多くが書かれた。家族の方ものどかな田園生活を楽しんでいたらしい。だが38歳の1912年、彼は詩人としての人生をあらたに切り開こうと、思い切って農場を売り払い、一家を挙げて英国に渡った。翌1913年に最初の詩集『若者の心』（タイトルの *A Boy's Will* は、アメリカの詩人ロングフェローの詩「消え去った若き日」My Lost Youth のリフレーン「少年の心は風の心」A boy's will is the wind's will による）、次いで 1914 年に第2詩集『ボストンの北』を出版するや、たちまち一部の英国文人たちの評判になり、エズラ・パウンドらの知遇を得たばかりか、のち無二の親友となるエッセイストのエドワード・トマスとも出会った。トマスはフロストのすすめで詩を書き始め、一流の詩人となった。

すでに本場の英国でそれなりの定評を得てアメリカに帰国したフロストは、またささやかな農場を買い求めて住んだ。だが農場経営者としては成功せず、それはむしろ「ニュー・イングランドの知恵ある農夫詩人」の大衆的なイメージを広めるのに大いに役立った。彼は詩人、講演者、自作の朗読者、教員、大学の住み込み文人として、とかく疲れやすい体に鞭打って一家の生活を支えたが、その間絶えず肉親の夭折、彼らの肉体や精神の病いや入院、自殺などの悲惨な運命に見舞われ、いつもその罪悪感に悩まされていたことを特筆しておかなければならない。ある意味で彼の人生は、名声の陰で真っ暗な悲劇の闇に包まれており、そのことが彼の作品の端正さとは、鮮やかなコントラストをなしている。

フロストは奥深い森や山の中にただ1人で分け入って行くのが大好きで、そうしてほぼ毎日のように繰り返していた孤独な遠歩きが、彼の多くの詩のテーマないしきっかけとなっている。そこで彼が考えるのは、すでに述べたように、自然の中で営まれる人生の意味だが、イギリスのワーズワスらの結論が概して希望的・楽天的であるのに対し、彼は決して感情に流されることなく、あくまで冷静な現実観察と思索に徹している。

並みいる詩人たちの中でフロストがとりわけめざましいのは、彼が1963年に88歳で亡くなるまで詩を書き続けたこと、そしてそれらの独創性と質が目立って衰えなかったことである。4度にわたるピュリツァー賞の受賞に加え、ケネディ大統領の就任式で自作の詩を朗読するという初の名誉を与えられて、晩年の彼は世俗的な栄光の絶頂に達していた。オック

スフォード、ケンブリッジ両大学のほか、授与された名誉文学博士などの称号は、数えきれない。ただ惜しいといえるかもしれないのは、本人も望んでいたらしいノーベル賞を受賞できなかったことである。

　なお、この対訳詩集では、原詩や訳詩の下の脚注ではおおむね文法的・語義的な解釈を、巻末の「作品解説」では文学的・詩的な評釈や作品の背景の説明を主に記したが、紙幅の関係上、厳密には区別しなかった。

(詩 The Pasture「牧場」18 頁を参照)

フロスト詩集

Contents

[1]	The Pasture	18
[2]	My November Guest	20
[3]	Waiting	24
[4]	Mowing	28
[5]	The Tuft of Flowers	30
[6]	Mending Wall	36
[7]	The Death of the Hired Man	42
[8]	Home Burial	64
[9]	After Apple-Picking	78
[10]	The Wood-Pile	84
[11]	The Road Not Taken	90
[12]	An Old Man's Winter Night	94
[13]	The Telephone	98
[14]	The Oven Bird	102
[15]	Birches	104
[16]	The Cow in Apple Time	112
[17]	'Out, Out—'	114
[18]	The Witch of Coös	118
[19]	Fire and Ice	136
[20]	Dust of Snow	138
[21]	Nothing Gold Can Stay	140
[22]	Stopping by Woods on a Snowy Evening	142

目　　次

はじめに

[1]　牧場　　　　　　　　　　　　　　　　　　　　19
[2]　わが十一月の客　　　　　　　　　　　　　　　21
[3]　待つ　　　　　　　　　　　　　　　　　　　　25
[4]　まぐさ刈り　　　　　　　　　　　　　　　　　29
[5]　一叢の花　　　　　　　　　　　　　　　　　　31
[6]　石垣直し　　　　　　　　　　　　　　　　　　37
[7]　雇われ農夫の死　　　　　　　　　　　　　　　43
[8]　自宅埋葬　　　　　　　　　　　　　　　　　　65
[9]　りんご摘みのあとで　　　　　　　　　　　　　79
[10]　薪の山　　　　　　　　　　　　　　　　　　　85
[11]　選ばなかった道　　　　　　　　　　　　　　　91
[12]　老人の冬の夜　　　　　　　　　　　　　　　　95
[13]　電話　　　　　　　　　　　　　　　　　　　　99
[14]　カマドムシクイ　　　　　　　　　　　　　　103
[15]　樺の木　　　　　　　　　　　　　　　　　　105
[16]　りんごの季節の牝牛　　　　　　　　　　　　113
[17]　「消えろ、消えろ……」　　　　　　　　　　115
[18]　コーアスの魔女　　　　　　　　　　　　　　119
[19]　火と氷　　　　　　　　　　　　　　　　　　137
[20]　雪の粉　　　　　　　　　　　　　　　　　　139
[21]　金色は長く持たない　　　　　　　　　　　　141
[22]　雪の夜、森のそばに足を止めて　　　　　　　143

[23]	The Onset	146
[24]	To Earthward	150
[25]	Two Look at Two	156
[26]	The Need of Being Versed in Country Things	162
[27]	Spring Pools	166
[28]	Bereft	168
[29]	Tree at My Window	170
[30]	Acquainted with the Night	174
[31]	Desert Places	178
[32]	A Leaf Treader	182
[33]	Neither Out Far Nor In Deep	186
[34]	Design	190
[35]	Come In	192
[36]	The Most of It	196

目　　次　　15

- [23] 襲来　　147
- [24] 大地に向かって　　151
- [25] 二者が二者を見る　　157
- [26] 田舎の事情に通じる必要　　163
- [27] 春のたまり水　　167
- [28] 取り残されて　　169
- [29] 窓辺の木　　171
- [30] 夜に馴染んで　　175
- [31] 砂漠の地　　179
- [32] 落葉踏み　　183
- [33] 広くもなければ深くもない　　187
- [34] 意図　　191
- [35] お入り　　193
- [36] せいぜいのところ　　197

作品解説

ロバート・フロスト年表

おわりに

対　訳

フロスト詩集

―― アメリカ詩人選(4) ――

[1]　The Pasture

I'm going out to clean the pasture spring;
I'll only stop to rake the leaves away
(And wait to watch the water clear, I may):
I sha'n't be gone long. —You come too.

I'm going out to fetch the little calf　　　　　　　　　5
That's standing by the mother. It's so young,
It totters when she licks it with her tongue.
I sha'n't be gone long. —You come too.

---

[1]　**題名**　牧草地、草地。この詩の新しさは、古代以来の詩のジャンル「牧歌、田園詩」pastoral を踏まえつつ、場面や語調をごく自然に現代の農場に移し替えた点にある。はつらつとした口語体で、牧歌に付き物の決まり文句や教訓はまったくない。　**2**　**stop**=stay.　**rake away**　熊手で～を取り除く。　**3**　**And wait...I may**　ついでに付け足したようなこの1行が、田園生活への愛着を物語る。第1連と第2

[1] 牧場(まきば)

いま牧場の泉を浚(さら)いに行くところ、
ちょっと落葉を熊手(くまで)で掻きのけるだけ
(それから水が澄むのを見ているかも)。
そう長くはかからない。——君も来ないか。

いま小さな子牛を連れ戻しにいくところ、
母さん牛の傍(そば)にいるけど、まだ幼いので、
舌で舐(な)められると、よろよろするんだ。
そう長くはかからない。——君も来ないか。

連は、どちらも3行目にいちばん胸にしみる光景が置かれている。
[w]音の頭韻。 clear 《自動詞》濁りが澄む。 4 sha'n't=shall not.
You come too 呼び掛ける相手(主語)を指定する命令形。相手の都
合を気遣って軽く誘う。 5 fetch 行って連れてくる。 6-7 It's
so...her tongue 生まれたての子牛が可愛くてたまらないよう。 7
she=the mother. it=the little calf.

[2]　My November Guest

My Sorrow, when she's here with me,
　　Thinks these dark days of autumn rain
Are beautiful as days can be;
She loves the bare, the withered tree;
　　She walks the sodden pasture lane.　　　　　　　　5

Her pleasure will not let me stay.
　　She talks and I am fain to list:
She's glad the birds are gone away,
She's glad her simple worsted gray
　　Is silver now with clinging mist.　　　　　　　　10

The desolate, deserted trees,
　　The faded earth, the heavy sky,
The beauties she so truly sees,
She thinks I have no eye for these,
　　And vexes me for reason why.　　　　　　　　　15

---

[2]　**題名**　第1行の My Sorrow と共に、毎年晩秋から冬に語り手を見舞う特殊な気分(荒涼たる風景を好む)に付けられたあだ名とする説もあるが、むしろ彼を訪れた「寂(さび)」好きの女性(恋人か)を呼んだ愛称のようだ。　3　**Are beautiful...can be**　どんな日々より美しい。主語は第2行の these dark...autumn rain。　4　**bare**　(葉が落ちつくして)裸の。後の tree にかかる。　6　**Her pleasure...me**

[2] わが十一月の客

ぼくの「悲しみ」さんは、ぼくと一緒にいると、
　　秋雨の降るこんな暗い日々ほど
美しい時節はないと言う。
彼女はむき出しの、枯れた木を愛し、
　　牧場のびしょびしょの小径を歩く。

喜々としてぼくを引っ張り出して、
　　話すのは彼女、こちらは聞き役にまわる。
鳥たちが行ってしまって嬉しいと言い、
地味な灰色のウーステッドが霧で
　　銀色に濡れるのが嬉しいと言う。

寒々と見捨てられた木々や
　　色あせた大地、どんよりした空など、
彼女が心から見惚れる美に
ぼくが知らん顔だと言い、
　　なぜそうなのかとぼくを責め立てる。

---

stay　雨だからと、語り手が家に居残ろうとするのを許さないで、外に引っ張り出す。語り手はいやいや引っ張り出されるように言うが、実は彼の好みにもぴったり合っているのだ。　will not　《強い意志、否定文で》どうしても～しない。will に強勢。　**7**　fain　喜んで～する(to)。　list　《古・詩》=listen。　**9**　worsted　[wústid]梳毛織物(長い羊毛を原料として作った毛糸製)。　**10**　silver　霧の粒がこびりつ

Not yesterday I learned to know
　　The love of bare November days
Before the coming of the snow,
But it were vain to tell her so,
　　And they are better for her praise.   20

いて銀色に光る。　**11**　[d]の頭韻。　**14**　cf. have eyes for　〜に関心がある、目がない。　**these**=The beauties...truly sees(第13行).　**16 Not yesterday**　私が〜し始めたのは、昨日や今日のことではない。　**17 The love of**　〜を愛する心。　**19 it were**=《古・詩》it would be.　**20 better for her praise**　彼女に褒められれば、それだけthey(冬が来る前の11月の日々)の値打ちが上がる。

雪が降り始める前の
　何もない十一月にぼくが惹かれたのは、
昨日や今日のことじゃない。
だが、そう言ってみても始まらないし、
　褒められて風情が増すのも確かなことだ。

[3]　Waiting

Afield at dusk

What things for dream there are when specter-like,
Moving along tall haycocks lightly piled,
I enter alone upon the stubble field,
From which the laborers' voices late have died,
And in the antiphony of afterglow　　　　　　　　　　　5
And rising full moon, sit me down
Upon the full moon's side of the first haycock
And lose myself amid so many alike.

I dream upon the opposing lights of the hour,
Preventing shadow until the moon prevail;　　　　　　10
I dream upon the nighthawks peopling heaven,
Each circling each with vague unearthly cry,
Or plunging headlong with fierce twang afar;
And on the bat's mute antics, who would seem
Dimly to have made out my secret place,　　　　　　　15

---

[3]　1-8　連全体が1文。　**1 What**　末尾に感嘆符も疑問符もなく感嘆文の語気を帯びる。　**things for dream**　夢見る材料。以下、[l]の頭韻。　**3 enter upon**(=on)は、ふつう enter on a new stage「人生の新たな局面に入る」と比喩的・抽象的に用いられることが多いが、ここは単に「〜に入って行く」の意。　**4 late**=《詩語》recently.　**5-7 antiphony**　交唱。2部に分かれたコーラスが交互に歌うこと。西に

[3]　待つ
　　暮れ方に畑に出て

夢を誘うものが、何といくつもあることだろう —— 軽く
積み上げられた干草(ほしくさ)の山をぬって、まるで亡霊さながら、
私がただ一人、ついさっき作男(さくおとこ)たちの声が
止んだばかりの刈り株畑(かかぶばたけ)に入り込み、
西空の余光と東に昇(のぼ)る満月が
たがいに喚び交わすなかで、手近な草の山の
満月の側に腰を下ろし、
どれも同じような草の山の陰に身を潜(ひそ)めるとき。

私は夢見る —— 月が勝ちを占めるまで、二つの光が互いに
張り合って、影一つ差させないこのひと時につけて。
私は夢見る —— 空いっぱいに舞うヨタカが二羽ずつ互いに
相手の周りを回り、得体(えたい)の知れぬぶきみな声で鳴いたり、
遠くで勢いも凄(すさ)まじくブーンと舞い降りるにつけて。
また、音もなく軽業(かるわざ)を演じているコウモリが、
どうやら私の内緒のありかにうすうす気づいていながら、

沈んだ太陽の残光と東から昇る満月とが照らし合っている。ただし両者は交互に光を交わしてはいないので、「オクターブ(8度音程)の伴奏」という古代ギリシャの元の意味か。　6　sit me down=《古》sit down.　7　the full...first haycock　最初の干草の山の(夕日に照らされた西向きの側ではなく)満月に照らされた東向きの側。　8　so many=so many haycocks.　9-27　第2連も長い1文。　9-10　dream

26 フロスト詩集

Only to lose it when he pirouettes,
And seek it endlessly with purblind haste;
On the last swallow's sweep; and on the rasp
In the abyss of odor and rustle at my back,
That, silenced by my advent, finds once more, 20
After an interval, his instrument,
And tries once—twice—and thrice if I be there;
And on the worn book of old-golden song
I brought not here to read, it seems, but hold
And freshen in this air of withering sweetness; 25
But on the memory of one absent most,
For whom these lines when they shall greet her eye.

---

upon ～につけて夢想にひたる。 9 the hour 現在、今。 10 prevail 語尾に3人称単数の -s がないのは、until 節の中の(古風で稀な)仮定法現在形。 11 peopling=filling. 14 who 先行詞は the bat. 18 rasp 耳障りな軋る音。大きな干草の山にもたれていると、草の匂いとカサカサいう音がする。その暗い奥底から軋る音が聞こえる。 20 That 先行詞は第18行の rasp。キシキシ鳴くのはコオロ

くるりと輪を描いたとたんにそれを見失い、
見えない目でせかせかといつまでも探し回るのにつけて。
最後のツバメが矢のように飛ぶのにつけて。また
私の背後で匂い、カサカサ音がする深い闇の奥で、
軋(きし)るような声が、私の来た気配でいったん
途切れたあと、やがてもとの楽器を取り出して、
一声二声(ひとこえふたこえ)、また三声(みこえ)、おずおずと私の様子を窺うのにつけて。
また擦り切れた古い黄金の歌の本につけて —— それをいま
持ってきたのはどうやら読むためではなく、ただ手の中で
この甘く萎(しお)らしい空気に触れさせ若返らせるためらしい。
だが殊に私は夢見る —— 今いないある人の面影(おもかげ)につけて ——
その人の目に触れる時に備えて、これを書いているのだ。

ギか野ネズミか。 advent 到来、出現。ユーモラスに大げさな語。 **22 be** if節の中の仮定法現在形。cf.第10行。 **23 old-golden**「古い金色の」と、語り手が愛読した『黄金抒情詞華集』(1861)とを掛ける。old gold は《名詞・形容詞》古い金(色の)。褐色を帯びた鈍い金色。 **25 withering** 打ち萎れた、萎れさせる。 **27 shall** 話者の意志。

[4]　Mowing

There was never a sound beside the wood but one,
And that was my long scythe whispering to the
                                        ground.
What was it it whispered? I knew not well myself;
Perhaps it was something about the heat of the sun,
Something, perhaps, about the lack of sound—　　　5
And that was why it whispered and did not speak.
It was no dream of the gift of idle hours,
Or easy gold at the hand of fay or elf:
Anything more than the truth would have seemed
                                        too weak
To the earnest love that laid the swale in rows,　10
Not without feeble-pointed spikes of flowers
(Pale orchises), and scared a bright green snake.
The fact is the sweetest dream that labor knows.
My long scythe whispered and left the hay to make.

---

[4]　**2**　全体に[w][hw][s]音を多用して、鎌が草を切る音を暗示。**6**　**And that...not speak**　周りが静かで鎌が声を潜めているので、よく聞き取れないというユーモア。　**7**　**gift**　何かを恵まれ儲け物をすること。**idle**　2音節。楽な、遊んでいる。　**8**　**easy gold**　cf. easy money「楽な金儲け」。降ってわいた儲け物。　**9**　**Anything more than the truth**　現実の上に人が読み取り付け加える空しい夢や希望

[4] まぐさ刈り

森の傍では何の物音もしなかった——唯一つを除いては。
それは私の長い鎌が地面に囁く
$$声だった。$$
鎌が何を囁いていたのか、私にもよくわからない。
ひょっとしたら、陽射しが暑いということか、
それともひょっとして、物音一つしないということか——
だからこそ鎌は囁くだけで、話をしなかったのか。
ともかくそれは、もっと楽をさせてもらうという夢でも、
妖精から易々とお宝を恵まれるという夢でもなかった。
何でも現実をはみ出したものはなまくらに
$$見えただろう——$$
湿地の草を一列また一列と、
ほっそりした花の穂(青白い蘭)ぐるみなぎ倒し、
派手な緑の蛇を怖がらせる、生真面目な愛にとっては。
事実こそは、労働の知るいちばん甘い夢なのだ。
私の長い鎌は囁きながら、せっせと干草を作っていった。

など。 10 swale 《米北東部》草の生い茂る細長い低湿地。 11-12 Not without...(Pale orchises) 刈り取る草には優美な花も混じるが、構っていられない。 12 scared a...green snake 草を刈る鎌は隠れた蛇を脅かす。花は美の、蛇は悪の象徴だが、それら「真実以上」のものへの配慮は意味がない。 14 make 《自動詞》(干草が)出来上がる→乾く。

[5]　The Tuft of Flowers

I went to turn the grass once after one
Who mowed it in the dew before the sun.

The dew was gone that made his blade so keen
Before I came to view the leveled scene.

I looked for him behind an isle of trees; 5
I listened for his whetstone on the breeze.

But he had gone his way, the grass all mown,
And I must be, as he had been, —alone,

'As all must be,' I said within my heart,
'Whether they work together or apart.' 10

But as I said it, swift there passed me by
On noiseless wing a bewildered butterfly,

---

[5]　**1　turn the grass** 刈り取った牧草を裏返して乾かす。　**1-2 one Who**=《文》a man who.　**3　so keen** 鎌の切れ味の良さは、刈り取られた草の切り口から見て取れる。　**4　leveled** 牧草が一面に平らになぎ倒されている。made, blade, came の母音の呼応。　**6 whetstone** 「彼」が砥石で鎌を研ぐ音が聞こえないかと、耳を澄ましたのだ。　**7　he had gone his way**=《文》he had left(過去完了形)。

[5] 一叢(ひとむら)の花

あるとき、干草(ほしくさ)を裏返しに行った —— 誰かが日の出前に
露にぬれた草を刈り取って行ったあとから。

彼の鎌の切れ味を研(と)ぎすましていた露は乾いていた ——
私がそこに着いて、真っ平らに均(なら)された景色を見た頃には。

島のように浮かぶ木立の向こうに、彼の姿を探し求め、
風のなかに、彼の砥石(といし)の音を聞き分けようとした。

だが草はきれいに刈り取られ、彼はもう立ち去ったあと。
彼がそうだったように、私も一人ぼっちでいる他はない。

「どうせみんなそうなんだ」、私は胸の中で言った、
「一緒に働こうと、別々だろうと」。

だが、そう言ったとたん、ひらりと音もなく私の前を
横切ったのは、途方に暮れた一羽の蝶 ——

---

the grass all mown = the grass being all mown. 論理的主語(the grass)をともなう分詞構文で、わかり切った現在分詞 being が省略されている。 8 must 過去形。 9 must 現在形(一般的真理をいう)。ただ、他人と共に「生きる」のはでなく「働く」という。生きるとは働くことなのだ。 11 swift=《詩》swiftly. passed 主語は a butterfly。

Seeking with memories grown dim o'er night
Some resting flower of yesterday's delight.

And once I marked his flight go round and round,   15
As where some flower lay withering on the ground.

And then he flew as far as eye could see,
And then on tremulous wing came back to me.

I thought of questions that have no reply,
And would have turned to toss the grass to dry;   20

But he turned first, and led my eye to look
At a tall tuft of flowers beside a brook,

A leaping tongue of bloom the scythe had spared
Beside a reedy brook the scythe had bared.

The mower in the dew had loved them thus,   25
By leaving them to flourish, not for us,

---

13 o'er night[ɔə náit]=over night=overnight. **14 resting flower** 羽を休める花。resting place「休憩所」からの造語だろう。 **15 marked**=observed「〜に目を留めた、じっと見ていた」。 **his** 擬人法。 **16 As**《接続詞》省略構文で前置詞的に「まるで〜かのように」。第16行の第3脚と第4脚は弱強強格 —— As whére | some flów | er lay with | ering ón | the gróund。 **20 dry**《自動詞》乾く。 **21**

夜のうちにぼやけてしまった記憶にすがって、
きのうの喜びだった憩いの花を探していた。

見ると、蝶はいったんぐるぐる輪を描いて、
何かの花がしおれ伏していそうな場所を飛び回った。

それから、目が届くかぎりの遠くへ飛んでいき、
それから羽を震わせながら、私のもとに戻ってきた。

私は答えようのない質問をちらりと思い浮かべてから、
また向き直って草を放り投げて乾かす仕事に戻りかけた。

だがその前に、蝶が向きを変えて、私の目を
川べりの丈高い一叢の花に惹きつけた。

鎌が刈り残していった花が、躍り上がる炎の舌のように、
鎌がきれいに刈り上げた、葦茂る小川の岸に咲いていた。

露にぬれて草を刈っていた人はこの花が気に入って、
茂るまま刈り残しておいたのだ——僕らのためではなく、

---

led＜lead(=cause) 〜するよう仕向けた(to)。 **23 A leaping tongue of bloom** 第22行の a tall tuft of flowers と同格。躍り上がる舌→燃え上がる炎。cf.「使徒行伝」2:3. 立ち上がる烈しい火柱がときに a leaping tongue of fire と呼ばれる。ここでは、燃えるような一叢の花を譬える。 **24 the scythe had bared** 岸辺の雑草がみな刈り取られて、残された「一叢の花」だけが、むき出しになってい

Nor yet to draw one thought of ours to him,
But from sheer morning gladness at the brim.

The butterfly and I had lit upon,
Nevertheless, a message from the dawn, 30

That made me hear the wakening birds around,
And hear his long scythe whispering to the ground,

And feel a spirit kindred to my own;
So that henceforth I worked no more alone;

But glad with him, I worked as with his aid, 35
And weary, sought at noon with him the shade;

And dreaming, as it were, held brotherly speech
With one whose thought I had not hoped to reach.

'Men work together,' I told him from the heart,
'Whether they work together or apart.' 40

る。 **25-26 The mower...for us** 2つの代名詞 them は、前の2行連を飛び越えて、その前の tuft of flowers (第22行) を指す。口語的な、ややぞんざいな語法。 **thus** こんな風に(それらだけを刈り残すというやり方で)。 **28 brim** 《古》水際、岸。 **29 lit upon** 偶然に出くわした。 **30 message from the dawn** 夜明けに「彼」が抱いた気持ちと、刈り残した花から読み取れるメッセージ(伝言)。 **31-**

[5] 一叢の花

僕らの注意をちらりとでも自分に惹きつけるためでもなく、
ただただ朝の川べりで、嬉しい気持ちになったから。

ともあれ蝶と私は、たまたま行き合わせたのだ ——
夜明けが残しておいてくれた言伝(ことづて)に。

そこからは、まわりで目を覚まし始めた鳥たちや、
彼の長い鎌が地面にささやく声が聞こえてきたし、

私とうまが合いそうな気性の持主がすぐ身近に感じられた。
それからは、私はもう一人ぼっちではなく、

彼とともに心嬉しく、いわば彼に助けられながら働いて、
昼どきにくたびれると、彼とともに日蔭を求めた。

そしてまるで夢でも見るように、兄弟の言葉を交わした ——
まさか気持ちが通じ合おうとは思いも寄らなかった相手と。

「人は一緒に働くのだ」、私は心底から彼に言った、
「一緒に働こうと、別々にだろうと」。

---

32 That made...the ground 「彼」が夜明けに花を見て喜んだ際に聞こえた鳥の声や「彼」の鎌の音が、語り手の耳にまざまざと聞き取れた(「彼」の味わった爽快な気分が伝わった)のだ。 **33-34** 構文は第30行から a message...that made me...feel と続く。 **34** henceforth 《文》以後は。古風な用語。 **35** as まるで〜かのように。 **38** one whose=《文》a man whose.

[6]　Mending Wall

Something there is that doesn't love a wall,
That sends the frozen-ground-swell under it,
And spills the upper boulders in the sun;
And makes gaps even two can pass abreast.
The work of hunters is another thing:　　　　　　　5
I have come after them and made repair
Where they have left not one stone on a stone,
But they would have the rabbit out of hiding,
To please the yelping dogs. The gaps I mean,
No one has seen them made or heard them made,　　10
But at spring mending-time we find them there.
I let my neighbor know beyond the hill;
And on a day we meet to walk the line
And set the wall between us once again.
We keep the wall between us as we go.　　　　　　15
To each the boulders that have fallen to each.
And some are loaves and some so nearly balls

---

[6]　**1 Something there...a wall**　有名な1行。ごく平明だが、いたずらっぽい調子がある。以下、なじみ深い単純な単音節語がほとんど。doesn't は2音節で発音する──[n]音が音節形成的(syllabic)。
2 That sends...under it　壁嫌いの何者かが垣の下に破壊工作者を送り込むという。　**frozen-ground-swell**　凍った地面の膨らみ(frozenは2音節)。霜柱を誰かの謎めいた行為のように子供っぽく大げさに

[6] 石垣直し

何かしら垣を嫌がるものがあって、
その下の凍った土を盛り上がらせ、
陽が差すと、積み上げた石をばらばらに振り落として、
二人が並んで通れるほどの隙間をつくってしまう。
ハンターたちのしわざはまた話が別で、
かれらの通ったあと、重なった石がひとつもないほど
崩されたのを、手入れしたものだ。だが連中は
兎を隠れ処から駆り出して、きゃんきゃん鳴き立てる
犬を喜ばせるのに夢中なのだ。いま言う隙間の方は、
いつできるのか、現場を見た者も聞いた者もいないのに、
春の手直しの時節になると、ちゃんとできている。
わたしは丘の向こうのお隣りに知らせを出し、
約束の日に落ち合って、石垣づたいに見て歩き、
あらためて二人の間に垣を積み上げる。
そうして二人は間に垣を挟みながら、歩いていく。
こちらに落ちた石はこちら、向こうのは向こうの受持で、
パン状のもあれば、ほとんどボールに近いのもあって、

呼んでいる。以下、spills(第3行)も、makes(第4行)も、同じ者のしわざ。 **3 the upper** the lower の反対。上の方の(絶対比較級)。 **4 abreast** 横に並んで、肩を並べて。 **5 another thing**=a different matter. **7 Where**=In a place in which. **left not...a stone** 平易かつ具体的で絶妙な表現。 **8 would** 《過去の強い意志》どうあっても〜したかった。 **have...out** 〜を外へ出す。 **11 But at...them**

We have to use a spell to make them balance:
'Stay where you are until our backs are turned!'
We wear our fingers rough with handling them.　　20
Oh, just another kind of outdoor game,
One on a side. It comes to little more:
There where it is we do not need the wall:
He is all pine and I am apple orchard.
My apple trees will never get across　　25
And eat the cones under his pines, I tell him.
He only says, 'Good fences make good neighbors.'
Spring is the mischief in me, and I wonder
If I could put a notion in his head:
'*Why* do they make good neighbors? Isn't it　　30
Where there are cows? But here there are no cows.
Before I built a wall I'd ask to know
What I was walling in or walling out,
And to whom I was like to give offense.
Something there is that doesn't love a wall,　　35
That wants it down.' I could say 'Elves' to him,
But it's not elves exactly, and I'd rather
He said it for himself. I see him there

---

there 季節的な現象をわざと謎めかす。 **13 walk the line** 境界線を歩測する。 **15 keep the wall between us** 前行をほぼ反復して、その無意味さを強調する。[w]音の繰り返し。 **16 To each...to each** まるで試合のルールのようだ。 **17 loaves** loaf「焼いた1個のパン」の複数形。 **17-18 And some...them balance** 子供っぽく魔術を匂わせる。 **22 comes to**=amounts to. **24 He is...apple**

[6] 石垣直し　39

釣合いをもたせるには、お呪いをかけるしかない ——
「背を向けて立ち去るまで、じっとしてろ！」
石をいじるので、指はこすれてがさがさになる。
まあ一種新手の屋外ゲーム、いわば
一対一の対抗戦。せいぜいそんなところで、
もともとそこに垣のある必要は少しもない。
なにしろ向こうは松ばかりで、こっちはりんご園。
うちのりんごの木がそっちへ入り込み、
こぼれた松ぼっくりを食べるわけじゃなし、と彼に言う。
だが彼はぼそりと呟く、「よき塀あってのよき隣人」と。
春なればこその茶目っ気で、わたしはどうにかして、
とんでもない考えを、彼の頭に吹き込んでみたくなる。
「よき塀がなぜよき隣人をつくるのか。それは牛でも
飼っている土地のこと。だがここには牛などいやしない。
もし垣を造るのなら、その前に、いったい何を締め出し、
何を囲い込もうというのか、また誰の機嫌をそこねようと
いうのか、ぜひ訊ねてみたいものだ。
何かしら垣を嫌がるもの、崩したがっている
ものがある」。それは「小妖精」だと言ってやってもいいが、
実は必ずしも小妖精というわけではない。それにやはり、
彼の方からそう言い出してほしいのだ。その彼は、

―――――

orchard　「彼の土地は」と言わず、「彼は松ばかり」というくだけた省略的な言い方(主語がその所有物を含む)は、ややユーモラス。　25-26　My apple...his pines　語り手の最初のせりふだが、前後に引用符がない。語り手は第23行から相手に話しかけていたのかもしれないし、逆に多くは内心の独り言かもしれない。　27　He only...good neighbors　相手は挑発には乗らず、もっともらしい諺で答える。こ

Bringing a stone grasped firmly by the top
In each hand, like an old-stone savage armed.　　40
He moves in darkness as it seems to me,
Not of woods only and the shade of trees.
He will not go behind his father's saying,
And he likes having thought of it so well
He says again, 'Good fences make good neighbors.'　　45

の諺はここから広まった。　**28** Spring is...in me　大胆な省略表現。 **32-33** Before I...walling out　仮定法過去形で、非現実の仮想として婉曲的に言う。　**34** like to=likely to.　give offense　give a fence「塀を立てる」とのしゃれ。　**35-36** Something there...it down　冒頭の1行を声に出して繰り返す。　**36-38** I could...for himself　それは「小妖精」のしわざだと冗談半分に言ってやることもできるが、

[6] 石垣直し　41

両手に石をひとつずつ、上からしっかりつかまえながら、
運んでくる——武装した旧石器時代の未開人さながらに。
ふと彼が、闇のなかを歩んでいるように思われる。
それも、森や木陰のつくり出す闇ばかりではない。
彼は父親から教わった諺を疑おうともせず、
じっくりその意味を考えた満足感にひたりつつ、
もう一度繰り返す、「よき塀あってのよき隣人」と。

隣人が自分でそう言う心の余裕をもってくれるのが望ましい。　38
it　Elves という語。　41-42　He moves...of trees　自由な精神の光
を拒み、因襲的な見方に固執する人間の心の闇だ。　43　will not
《主語の強い意志》どうしても〜しない。　go behind　〜を突き詰め
る、〜の裏を探る。

[7] The Death of the Hired Man

Mary sat musing on the lamp-flame at the table
Waiting for Warren. When she heard his step,
She ran on tip-toe down the darkened passage
To meet him in the doorway with the news
And put him on his guard. 'Silas is back.'   5
She pushed him outward with her through the door
And shut it after her. 'Be kind,' she said.
She took the market things from Warren's arms
And set them on the porch, then drew him down
To sit beside her on the wooden steps.   10

'When was I ever anything but kind to him?
But I'll not have the fellow back,' he said.
'I told him so last haying, didn't I?
If he left then, I said, that ended it.
What good is he? Who else will harbor him   15
At his age for the little he can do?

---

[7]　1　musing　思いにふけって〜を見つめている(*on*)。　4　meet 出迎える。　5　put him on his guard　これから見るものに対して、夫に用心させた。　8　market things　夫のウォレンが農場の産物を売るため市に出かけ、あとで持ち帰った道具や農産物。　11　When was...to him?　彼に対して、一度でも親切以外の何かであった(＝親切でなかった)ことがあるか。反語的疑問。but＝except。　12　have

[7] 雇われ農夫の死

メアリーはテーブルのランプの灯をじっと見つめながら、
ウォレンの帰りを待っていた。足音が聞こえると、
明かりを落とした廊下を忍び足で駆けていき、
戸口で彼を迎えて知らせを伝え、
気を付けるように言った。「サイラスが戻ったの」。
彼をドアから押し出しながら、いっしょに外に出て、
後ろ手にドアを閉めた。「やさしくしてね」。
市から持ち帰った荷物をウォレンの腕から受け取って、
ポーチの上に置いてから、彼の手を引いて、
木の階段に自分と並んで座らせた。

「やさしくしなかったことなんか、一度でもあったかい。
でも、もうあれに戻ってもらう気はない」と彼は言った。
「この前の干草作りのとき、そう言ってあるだろう。
いま辞めるのなら、もうそれでおしまいだと。
あいつが何の役に立つんだ。あの年齢で、あの程度の働きで
あれを抱え入れる者がよそにいるだろうか。

(人や物)を〜の状態にする(ここでは「戻った」状態に)。cf. have coffee ready「コーヒーを用意しておく」。 **13 last haying**=during the last haying. **14 If he...ended it**="If you leave now," I said, "that ends it". 実際の口ぶりが透けて見える描出話法(自由間接文体)を含む(文中の he を you に変え、動詞の人称や時制を調節すれば、直接話法に戻る)。 **16 for the...can do** 彼には(農作業で)わずか

What help he is there's no depending on.
Off he goes always when I need him most.
He thinks he ought to earn a little pay,
Enough at least to buy tobacco with,   20
So he won't have to beg and be beholden.
"All right," I say, "I can't afford to pay
Any fixed wages, though I wish I could."
"Someone else can." "Then someone else will have to."
I shouldn't mind his bettering himself   25
If that was what it was. You can be certain,
When he begins like that, there's someone at him
Trying to coax him off with pocket-money, —
In haying time, when any help is scarce.
In winter he comes back to us. I'm done.'   30

'Sh! not so loud: he'll hear you,' Mary said.

'I want him to: he'll have to soon or late.'

'He's worn out. He's asleep beside the stove.
When I came up from Rowe's I found him here,

のことしかできないが、そのわずかのために。 **17 What help...depending on**=There's no depending on what (little) help he is「彼がかろうじて役に立つことにさえ、信頼が置けない」。cf. There is no accounting for tastes「人の好みを説明することはできない」→《諺》「蓼食う虫も好き好き」。 **19-20 He thinks...tobacco with** 当時の雇われ農夫には、給料が出ないことが多かった。とはいえ、あまり仕

少しは腕もないわけではないが、当てにはならない。
いちばん必要なときに限って出て行ってしまうんだから。
せりふはこうだ——少しばかり金を稼ぎたい、
せめて煙草銭(せん)が手に入れば有り難い、
人にせがんだり、恩に着たりするのはいやだからと。
「わかった」とこっちは言う。「きちんと給金を
払う余裕はない、そうできればいいんだが」。
「できるのもいる」。「ならそこでそうして貰うさ」。
もっとましな待遇がほしいのなら、それでかまわない——
もしそれが本当のことだったら。でもわかっているんだ、
あれがそんなことを言い出す時には、きまって誰かが傍(そば)に
ついていて、小遣い銭でおびき出そうとしているんだ——
ちょうど干草作りの時期でどんな手も足りない時に限って。
で、冬になるとまたうちに戻ってくる。もう結構だよ」。

「しっ、大声はだめ。聞こえるじゃない」とメアリー。

「聞かせたいんだ。どうせ聞くことになるけどね」。

「へとへとになっているの。ストーブの傍で寝ているわ。
ロウの店から帰ってきたら、ここにいたの。

事のない農閑期にも雇われていながら、忙しい農繁期にだけ小遣い銭のためによそに移るのは、裏切り行為に等しい。この3行は描出話法。 **25** I shouldn't=I wouldn't. his bettering himself 彼がもっといい待遇(地位)を得ること。 **27** someone at him 誰かが彼をたきつけている。 **28** coax him off なだめすかして彼を誘い出す。 **30** I'm done もう沢山だ。 **32** soon or late=sooner or later. **34**

46　　フロスト詩集

Huddled against the barn-door fast asleep,　　　　　35
A miserable sight, and frightening, too—
You needn't smile—I didn't recognize him—
I wasn't looking for him—and he's changed.
Wait till you see.'

　　　　　　　'Where did you say he'd been?'

'He didn't say. I dragged him to the house,　　　　40
And gave him tea and tried to make him smoke.
I tried to make him talk about his travels.
Nothing would do: he just kept nodding off.'

'What did he say? Did he say anything?'

'But little.'

　　　　　'Anything? Mary, confess　　　　　　45
He said he'd come to ditch the meadow for me.'

'Warren!'

Rowe's 説明はないが、近所の食料品店などだろう。　**37 You needn't smile** 夫がつい微笑んだのは、サイラスの様子がfrightening「ぞっとする、こわいほど」だったという妻の言い方が、彼には大げさに聞こえたから。だが妻の怯えにはわけがあった（誰かがそこにいるとは思わなかった、それがサイラスだとはわからなかった、彼はすっかりやつれていた）。　**43 Nothing would do** 何も役

[7] 雇われ農夫の死　　47

納屋の戸にもたれて縮こまって、ぐっすり寝込んでいた。
見るもあわれな姿で、それになんだかぞっとしたわ——
笑わないで——彼だとわからなかったのよ——
ここにいるとは思わなかったし——すっかり変わってた。
会ってみればわかるわ」。

　　　　　　「今までどこにいたんだっけ」。

「まだ聞いてないわ。家まで引きずり込んで、
お茶を淹れ、煙草を吸わせようとした。
旅先の話をさせようともしたわ。
どれもだめだった。ただこっくり居眠りしてばかり」。

「なんて言ったの？　何か言った？」

「ちょっとだけ」。

　　　　　「何だって？　メアリー、隠さないで、
うちの牧草地の溝を掘りに来たというんだろう」。

「ウォレン！」

―――――――
に立たなかった。　**45**　But=only, merely.　**45-46**　He said...for me 行の冒頭に that を補う(以下は前行の confess の目的語)。夫はサイラスの見えすいた口上を言い当てたのだ。　**46**　ditch the meadow 牧草地に溝(用水路)を掘る。　**47**　Warren!　夫の皮肉めいた口調をたしなめた。

'But did he? I just want to know.'

'Of course he did. What would you have him say?
Surely you wouldn't grudge the poor old man
Some humble way to save his self-respect.   50
He added, if you really care to know,
He meant to clear the upper pasture, too.
That sounds like something you have heard before?
Warren, I wish you could have heard the way
He jumbled everything. I stopped to look   55
Two or three times—he made me feel so queer—
To see if he was talking in his sleep.
He ran on Harold Wilson—you remember—
The boy you had in haying four years since.
He's finished school, and teaching in his college.   60
Silas declares you'll have to get him back.
He says they two will make a team for work:
Between them they will lay this farm as smooth!
The way he mixed that in with other things.
He thinks young Wilson a likely lad, though daft   65

---

48 **What would...him say?** 《文語・古》いったい彼に何と言わせたいのか(have に強勢を置く)。 49 **Surely** いくらなんでも。**grudge** ～を与えるのを惜しむ(いやがる)。 50 **some humble...his self-respect** それは、彼のプライドを守るためのささやかな手段(牧場の溝を掘りに来たという一人前の言いぐさ)にすぎない。 52 **clear** 片づける→草をすっかり刈り取る。 53 **That sounds...**

[7] 雇われ農夫の死

「でもそうだろう。聞いておきたいんだ」。

「もちろんそう言ったわ。ほかに何を言わせたいの。
あの可哀そうなお年寄りが、ちょっと見栄を
張るくらい、大目に見たっていいんじゃない。
それに、あなたが聞くから言うんだけど、上の
牧草地もきれいに刈り取るつもりだと言ってたわ。
前にも聞いたような話だって言いたいんでしょ。
ウォレン、彼の話があちこち飛んでこんぐらかるのを
聞かせたかった。私は二、三度、話をやめて、
つくづく顔を見たくらい —— ほんとに変てこだった ——
居眠りしながらしゃべってるんじゃないかと思って。
ハロルド・ウィルソンのことも言ってた、覚えてる？ ——
四年前に干草作りに来てもらった子よ。
もう卒業して母校のカレッジで教えているわ。
サイラスは、ぜひまたあの子を呼び戻せと言い張るの。
二人で組めばいい仕事ができるからって。
力を合わせてこの農場を元通りきちんとしてくれるって！
でもそのことと別の話をすぐごた混ぜにしてしまうの。
若いウィルソンは見込みのある青年だけど、

---

heard before? いかにも夫が言いそうなせりふを先取りした。 **58 ran** 〜に言い及んだ(*on*)。 **59 since**=ago. **63 Between them** 2人で協力して。 **as smooth**=as smooth as ever. 以前と変わらずぴかぴかに。 **64 The way...other things**=(感嘆的に)How he mixed that in with other things! **65-66 though daft On**=though he was crazy about. cf. daft on golf「ゴルフに夢中」。

On education—you know how they fought
All through July under the blazing sun,
Silas up on the cart to build the load,
Harold along beside to pitch it on.'

'Yes, I took care to keep well out of earshot.'   70

'Well, those days trouble Silas like a dream.
You wouldn't think they would. How some things
                                            linger!
Harold's young college boy's assurance piqued him.
After so many years he still keeps finding
Good arguments he sees he might have used.   75
I sympathize. I know just how it feels
To think of the right thing to say too late.
Harold's associated in his mind with Latin.
He asked me what I thought of Harold's saying
He studied Latin like the violin   80
Because he liked it—that an argument!
He said he couldn't make the boy believe
He could find water with a hazel prong—

---

69 along beside そばで一緒に。 70 keep well out of earshot 声がまったく聞こえないところにいる。 72 You wouldn't think they would=You wouldn't think they would trouble him 「まさかあの日々が、そんなに彼を悩ませるなんて、誰も思わないだろう」。 How some things linger! ある種のことは、なんとあとあとまで消えずに残ることか！ 75 Good arguments...have used 彼が（あの

[7] 雇われ農夫の死

教育に入れ上げすぎるって —— あの二人は七月じゅう、
灼(や)けつくような陽射しの中で、やり合っていたわよね、
サイラスは荷車の上で干草を荷造りし、
ハロルドはそのわきで草を放(ほう)り上げていた」。

「うん、僕は聞きたくないから、ずっと離れていたよ」。

「そう、あの頃が夢みたいにサイラスを悩ませているの。
まさかと思う？ 人には頭について離れない物が
　　　　　　　　　　　　　あるのね。
ハロルドの若い大学生らしい自信が神経に障ったみたい。
あれからもう何年にもなるのに、いまだに彼は、あの時
言ってやればよかったといううまい文句を思いつくのよ。
気持ちはわかるわ。手遅れになってから、言うべきことに
気がつくほどくやしいことはないもの。
サイラスの頭ではハロルドはラテン語と切り離せないの。
私に聞くのよ —— ラテン語の勉強はバイオリンと同じで、
ただ好きだからそうするんだとあいつは言うけど、
あなたはどう思う？ —— そんな理屈があるかって。
ハシバミの杖の先で地下の水脈が見つかると言っても、
あいつは信じようともしない ——

―――――――
とき)使ってもよかったと思ううまい理屈、言い方。　79-81　He asked...an argument!　彼が私にこう訊ねるの、「ハロルドが言うには、〈ぼくがラテン語を習うのは、バイオリンと同じことで、好きだからそうするんだ〉と。あなたはどう思う？　そんな理屈があるか」と。　81　that an argument!=Can you call that an argument?「そんなものが議論だと言えるか(そんな理屈の立て方はない)」。　83　find

Which showed how much good school had ever done him.
He wanted to go over that. But most of all 85
He thinks if he could have another chance
To teach him how to build a load of hay—'

'I know, that's Silas' one accomplishment.
He bundles every forkful in its place,
And tags and numbers it for future reference, 90
So he can find and easily dislodge it
In the unloading. Silas does that well.
He takes it out in bunches like big birds' nests.
You never see him standing on the hay
He's trying to lift, straining to lift himself.' 95

'He thinks if he could teach him that, he'd be
Some good perhaps to someone in the world.
He hates to see a boy the fool of books.
Poor Silas, so concerned for other folk,
And nothing to look backward to with pride, 100
And nothing to look forward to with hope,

---

water...hazel prong ハシバミの枝の先で水を見つけ出す。二股の枝を手にもって、その先端の動き方で地下の水脈(または鉱脈)を探り出す術(dowsing)。 **87 build a load of hay** (荷車で運ぶために)干草の荷造りをする。 **88 accomplishment** 特技、才芸。 **89 He bundles...its place** 彼は(干草をフォークですくい)そのフォーク1杯分ずつをしかるべき位置に束ねる。以下、第93行までのitは

[7] 雇われ農夫の死

そうだとすれば、学校なんかへ行ったって、いったい何の
　　　　　　　　　　　　　　　　　　足しになるんだって。
そのことを何度も蒸し返していたわ。でも何よりも、
もう一度あいつに干草の荷造りのしかたを
教えてやる機会があれば、今度こそは――」。

「わかるよ。サイラスのただ一つの得意技だからね。
フォーク一杯分の干草を順に束ねていって、
札を付け、番号を振って、あとで見分けが
つくようにする、だから荷下ろしのときにはらくに
見つかってすぐ運び出せる。サイラスはうまいんだ。
束を次々運び出すところは、でかい鳥の巣を動かすようだ。
すくい上げる干草を足で踏んづけて自分で自分を持ち上げる
ようなへまなんか、あいつはしでかしたことがない」。

「もしあの子にそのこつを教えてやることができれば、
せめてこの世で少しは誰かの役に立てると思っているのよ。
若い者が本なんか読んで、馬鹿になるのが我慢ならないの。
かわいそうなサイラス、あんなに他人（ひと）を気にかけながら、
自分では振り返って自慢できることは何もなく、
この先、希望がもてるものもない――

―――――――

every forkful「フォーク1杯分の干草→干草の1束」を指す。　90
for future reference　後で照らし合わせるために。　91　So=So that.
94-95　You never...lift himself　自分が踏んづけた干草を持ち上げ
ようとするのは、自分のまたがった枝を切り落とすのと同様、間が抜
けている。サイラスはそんなへまをしない。ちらりとユーモアがのぞ
く。　96　that　干草を積み下ろす技術。　96-97　be Some good　少

So now and never any different.'

Part of a moon was falling down the west,
Dragging the whole sky with it to the hills.
Its light poured softly in her lap. She saw it 105
And spread her apron to it. She put out her hand
Among the harp-like morning-glory strings,
Taut with the dew from garden bed to eaves,
As if she played unheard some tenderness
That wrought on him beside her in the night. 110
'Warren,' she said, 'he has come home to die:
You needn't be afraid he'll leave you this time.'

'Home,' he mocked gently.

       'Yes, what else but home?
It all depends on what you mean by home.
Of course he's nothing to us, any more 115
Than was the hound that came a stranger to us
Out of the woods, worn out upon the trail.'

しは役に立つ。　**98　see a boy the fool of books**　若い者が本なんかにいかれる(だまされる)のを見ること。　**102　So now...any different**　今もそうだし、いつまでも少しも変わりっこない。　**103　Part of a moon**　欠けた月。　**104　Dragging the...the hills**　一緒に空全体を丘の方に引きずりながら。動いていく天球のみごとな描写。**107　the harp-like morning-glory strings**　朝顔を這わせる竪琴のよ

[7] 雇われ農夫の死

今だってそうだし、今後もどうせ変わりっこないわ」。

欠けた月が西に落ちかかって、一緒に
空全体を丘まで引きずり下ろそうとしていた。その光が
エミーの膝に柔らかく降り注ぎ、それに気づいた
彼女は、エプロンを拡げて光を受けた。それから朝顔を
からませた細紐が露を吸って、庭の花壇から家の軒まで
竪琴(ハープ)のようにぴんと張ったあたりに手を伸ばすと、まるで
彼女が心優しさに満ちた無音の調べを奏でているみたいで、
それがすぐそばの闇の中にいる夫の心に染みわたった。
「ウォレン」と彼女。「彼は死ぬためにうちに戻ったの。
もう今度は途中でいなくなる心配はいらないわ」。

「うちにね」、彼はおだやかに皮肉をこめた。

　　　　　　　　　　　　　　　「だってうちじゃない。
うちをどう考えるかで、話はずいぶん違うけど。
もちろん彼は私たちには赤の他人で、それは以前、
森から出てうちに来た見知らぬ犬 —— 長い旅路で
やつれ果てたあの犬と変わりはないわ」。

うな弦。美しい比喩。　108　bed　(庭などの)苗床、花壇。　109　As if...some tenderness　まるで彼女が音もなく、何かの優しい思いを奏でているかのように(竪琴のような朝顔の弦に手を触れている様子)。　110　That wrought on him　そのことが彼の心に訴えた。　113　What else but home?　おうち以外の何だっていうの？ but=except.　115-116　any more Than was　(…でないのは)〜で

'Home is the place where, when you have to go there,
They have to take you in.'

                        'I should have called it
Something you somehow haven't to deserve.'   120

Warren leaned out and took a step or two,
Picked up a little stick, and brought it back
And broke it in his hand and tossed it by.
'Silas has better claim on us you think
Than on his brother? Thirteen little miles   125
As the road winds would bring him to his door.
Silas has walked that far no doubt today.
Why doesn't he go there? His brother's rich,
A somebody—director in the bank.'

'He never told us that.'

                   'We know it though.'   130

'I think his brother ought to help, of course.

ないのと同様だ。　**116　the hound...to us**　赤の他人としてうちにやってきた犬。a stranger は the hound の疑似主格補語で、その時の主語の状態を付帯的に示す。　**117　trail**　(人や動物が通ってできた山野の)道、踏み分け道。　**119　They have...you in**　迎え入れてくれる義務のある。　**I should have called it**　私だったらそれを〜と呼んだことだろうな。仮定法過去で遠慮がちに反論を呈する。　**120**

「うちというのは、こちらが帰りたいと言ったら、
否応なく迎え入れてくれるはずの場所だよ」。

「私ならこうよ——
こちらが帰るのに何も資格を問われないところ」。

ウォレンは身を乗り出し、一段か二段、階段を下りると、
細い木切れを拾ってもとの位置に戻り、
手の中で二つに折って、ぽいと投げ捨てた。
「ではサイラスは自分の兄貴より、僕らのほうに頼る
権利があると言うのかい。たった十三マイル、
道なりに曲がっていけば、兄貴の家に着く。
サイラスは今日だってたぶんそのくらいは歩いただろう。
なぜあっちへ行かないんだ。兄貴は金持ちの
お偉方——銀行の重役だ」。

「彼はそんなこと一度も話したことはない」。

「でもぼくらは知っている」。

「もちろんお兄さんが面倒を見るべきだと思う。

Something you...to deserve　(家庭とは)なぜだか、あなたが値打ちを問われずに入れてもらえるもの。「うち」の有名な定義。　124　claim　～に所有物を請求する権利(*on*)。　126　As the road winds　道のカーブに沿って。　127　that far　それくらい(13マイルほど)は。　no doubt　おそらく、たぶん。　129　A somebody　相当な人、偉いさん。　director　(会社の)重役。　130　though　《口》(文中また

I'll see to that if there is need. He ought of right
To take him in, and might be willing to—
He may be better than appearances.
But have some pity on Silas. Do you think 135
If he had any pride in claiming kin
Or anything he looked for from his brother,
He'd keep so still about him all this time?'

'I wonder what's between them.'

                                         'I can tell you.
Silas is what he is—we wouldn't mind him— 140
But just the kind that kinsfolk can't abide.
He never did a thing so very bad.
He don't know why he isn't quite as good
As anybody. Worthless though he is,
He won't be made ashamed to please his brother.' 145

'*I* can't think Si ever hurt anyone.'

'No, but he hurt my heart the way he lay

は文末に置いて)でも、しかし(文頭に置かれる But と同じ)。 **132 see to that** その面倒を見る。 **ought of right** 当然〜すべきだ (*to*)。 **134 better than appearances** 見かけよりはいい人。 **136-137 claiming kin...his brother** 自分が親族だと名乗り出たり、何であれ兄に貰いたいものを要求したりすること。 **140 we wouldn't mind him** 私たちなら彼のことを気にしない。 **141 just the...**

[7] 雇われ農夫の死

もし必要なら私が中に入ってあげてもいいわ。お兄さんが
引き取るのは当然だし、もうそのつもりなのかも ──
見た目よりはいい人かもしれないわ。
でも、ちょっとはサイラスに同情してあげて。もし彼が
兄の親族を名乗るとか、何か分けてくれと主張しても、
彼のプライドが少しも傷つかないのなら、
これまでずっとそれを内緒にしてきたと思う？」

「兄貴との間に何があるんだろう」。

　　　　　　　　　　　　　　「それはわかる気がする。
サイラスはああいう人だから ── 私たちは平気だけど ──
それこそ親戚がいちばんいやがりそうなタイプだわ。
彼は何をやっても、そうひどく駄目というわけじゃない。
他の人とどこがどう違うのか自分でもわかっていないのよ。
まるで使い物にはならないけど、だからといって、それを
卑屈に恥じ入りはしない。兄さんは不満だろうけど」。

「サイが人を傷つけたことなど、ぼくには考えられないがね」。

「そう。でも胸が傷んだわ ── のけぞって椅子の背中の

---

can't abide　まさに親戚には我慢ならない種類の人間。　143　口語では三人称単数現在動詞の語尾 -s を省略することがある。　143-144 isn't quite...As anybody　他のどんな人にもほぼ負けないほどよくできるわけではない。　145　He won't...his brother　彼は兄を喜ばせるために、恥をかきたくはないだろう。　147　hurt my heart　hurt の物理的な意味を、心理的な意味に転じた。　the way=(in) the

And rolled his old head on that sharp-edged chair-back.
He wouldn't let me put him on the lounge.
You must go in and see what you can do. 150
I made the bed up for him there tonight.
You'll be surprised at him—how much he's broken.
His working days are done; I'm sure of it.'

'I'd not be in a hurry to say that.'

'I haven't been. Go, look, see for yourself. 155
But, Warren, please remember how it is:
He's come to help you ditch the meadow.
He has a plan. You mustn't laugh at him.
He may not speak of it, and then he may.
I'll sit and see if that small sailing cloud 160
Will hit or miss the moon.'

     It hit the moon.
Then there were three there, making a dim row,
The moon, the little silver cloud, and she.

---

way in which ～するやり方を見ていると。 **148** that sharp-edged chair-back あの縁のとがった椅子の背。 **149** wouldn't 主語の強い(否定の)意志。 **152** broken 衰えた。 **153** His working days are done もう彼には働くことはむりだ。 done 終わった。 **154** I'd not...say that 私なら慌ててそうは言わない(結論を下さない)だろうけどな。 **155** I haven't been 私だって、慌ててそう言

尖った縁にあの年老いた頭をごろごろさせているようすは。
長椅子に移そうとしても、言うことを聞かないの。
あなた中に入って、なんとかしてみて下さらない？
あそこに今夜のベッドの支度をしておいたから。
見たらきっと驚くわよ——ぼろぼろにやつれきっているの。
もう彼の一生の仕事はおしまい。間違いないわ」。

「そう早合点しなくてもいいんじゃないか」。

「していないわ。行って、自分の目でたしかめてみて。
でもウォレン、お願いだからちゃんとわかっていてね——
彼はあなたの溝掘りを手伝いにきたんだから。
りっぱな計画があるの。笑っちゃだめよ。
口には出さないかもしれないけど、話すかもしれない。
私はここに座って、空をただようあの小さな雲が
月にぶつかるか、すれ違うか、見ているわ」。

　　　　　　　　　　　　　雲は月にぶつかった。
そこで、そこにある三つのものが薄暗く一列に並んだ——
月と、小さな銀色の雲と、彼女と。

っているわけではない。　156　how it is　話がどうなっているか(サイラスの説明から、2人がおたがいに了解している事情)。it は漠然と周囲の事情を指す。　159　and then　いや、そうかと思うと。

Warren returned—too soon, it seemed to her,
Slipped to her side, caught up her hand and waited. 165

'Warren?' she questioned.

                    'Dead,' was all he answered.

ウォレンが戻った——なんだか早すぎるように思えたが、彼は彼女のそばにそっと近寄り、その手を握って待った。

「ウォレン」と彼女は訊ねた。

「死んだ」答えはそれだけだった。

[8]　Home Burial

He saw her from the bottom of the stairs
Before she saw him. She was starting down,
Looking back over her shoulder at some fear.
She took a doubtful step and then undid it
To raise herself and look again. He spoke　　　　　5
Advancing toward her: 'What is it you see
From up there always—for I want to know.'
She turned and sank upon her skirts at that,
And her face changed from terrified to dull.
He said to gain time: 'What is it you see,'　　　　10
Mounting until she cowered under him.
'I will find out now—you must tell me, dear.'
She, in her place, refused him any help
With the least stiffening of her neck and silence.
She let him look, sure that he wouldn't see,　　　　15
Blind creature; and awhile he didn't see.
But at last he murmured, 'Oh,' and again, 'Oh.'

---

[8]　**1-2 He saw...saw him**　階段の下から見上げる縦長の構図。見られているとは知らない妻が、うっかり見せた(ふだんは見せない)表情。saw が 2 度繰り返され、look と共に詩のキーワードになる。**4**　undo は「~を元に戻す、なかった(しなかった)状態に戻す」。**4-5**　[t]音と[d]音の戯れ。**6 toward**　[bέrd][tɔ́əd]1 音節。**6-7 What is...there always**　文の末尾に疑問符がない(作者が削った)。第10

[8] 自宅埋葬

男は階段の下から女を見た──
女が男を見る前に。女は階段を下りかけて、
肩越しに振り返り、こわごわ何かを見つめていた。
ためらいがちに一段下りてから、また足を戻し、
一段上がって、またそちらに目を向けた。男は女の方に
向かって行きながら言った。「いつもその高いところから
君が見ているのは何だろう──教えてくれないか」。
女はさっと振り向いて、スカートの上にしゃがみ込み、
その顔つきは、怯えから無気力に変わった。
男が間を持たせようと「何を見ているんだ」と言いながら
さらに昇って行くと、女は男の足元に縮こまった。
「今度は見つけるぞ──話してくれよ、お願いだから」。
女はその場に座ったまま、相手にするそぶりも見せず、
ちょっと首をこわばらせただけで、押し黙っていた。
見たいのなら見させておこう──どうせ鈍い目には
見えっこないからと。確かに暫くは何も見えなかった。
だが男はやっとつぶやいた、「ああ」、また「ああ」と。

行も。詰問というより夫の穏やかな自問ともとれる。 8 sank がっくり腰を落とした。 at that それを聞いて(at は原因・理由)。 9 from terrified to dull 怯えた(顔)から鈍い(顔)に。効果的な省略語法。 16 Blind creature 軽蔑を込めた描出話法。妻の心中語。 17 'Oh,' and again, 'Oh' Oh は夫の気づき(ああそうか)と納得(そうだったんだ)。

'What is it—what?' she said.

                    'Just that I see.'

'You don't,' she challenged. 'Tell me what it is.'

'The wonder is I didn't see at once.   20
I never noticed it from here before.
I must be wonted to it—that's the reason.
The little graveyard where my people are!
So small the window frames the whole of it.
Not so much larger than a bedroom, is it?   25
There are three stones of slate and one of marble,
Broad-shouldered little slabs there in the sunlight
On the sidehill. We haven't to mind *those*.
But I understand: it is not the stones,
But the child's mound—'

                'Don't, don't, don't, don't,' she cried.   30

---

18 Just that=It is just that.(It その場の事情や理由)。cf. It's just that I don't feel like it「いや、ただ気乗りがしないだけさ」。 **19 challenged** 異議を申し立てた。 **20 The wonder is** 直後にthatを補う。 **21 it** 何を指すか明言されていない。 **22 wonted to it**=《古、主に米》accustomed to it. **26-28 There are...the sidehill** [s][t]音の頭韻をちりばめた、なめらかな詠嘆口調。 **27 Broad-**

[8] 自宅埋葬　　67

「何よ —— 何なのよ」女は言った。

「いや、ただわかっただけさ」。

「嘘よ」女は食ってかかった。「言ってごらんなさいよ」。

「ふしぎなのは、すぐには見えなかったことだ。
ここから見ても、これまでまったく気がつかなかった。
慣れっこになっているんだろう —— きっとそうだ。
うちのみんなが入っているあの小さなお墓！
あんなに小さいから、窓枠にすっぽり収まってしまう。
寝室とくらべても、たいして大きくはない、そうだろう。
スレートの墓石が三枚、大理石のが一枚 ——
肩幅の広い小さな石の板が、あの丘の斜面で陽射しを
浴びている。まあ、そっちの方には何の心配もいらない。
でも、もうわかったよ。問題なのは墓石じゃなくて、
あの子の塚 ——」

「やめて、やめて、やめて、やめて」女は叫んだ。

---

shouldered　墓石を懐かしげに擬人化する。　28　sidehill=《米》hill-side. [s]と[l]頭韻。　haven't to=don't have to.　29　it　いま話題にしているあるものを指す。　30　Don't, don't...she cried　耐えられなくなった妻は、反射的に金切り声を上げる。行の前半 (But the child's mound) とともに、何の無理もなく、きちんと弱強5歩格の枠に収まっている。

She withdrew shrinking from beneath his arm
That rested on the bannister, and slid downstairs;
And turned on him with such a daunting look,
He said twice over before he knew himself:
'Can't a man speak of his own child he's lost?' 35

'Not you! Oh, where's my hat? Oh, I don't need it!
I must get out of here. I must get air.
I don't know rightly whether any man can.'

'Amy! Don't go to someone else this time.
Listen to me. I won't come down the stairs.' 40
He sat and fixed his chin between his fists.
'There's something I should like to ask you, dear.'

'You don't know how to ask it.'

       'Help me, then.'

Her fingers moved the latch for all reply.

---

32 slid (階下まで)滑り下りた。「そっと(こっそり)下りた」とも受け取れるが、こう解する。多くの信頼すべき評者が「滑り落ちた」と解しているが、行き過ぎで不自然。 **35 Can't a...he's lost** can't I とは言わず、can't a man と一般化したのは、世間一般の常識に訴えて、自分の立場を正当化したいため(女とは違う「男」の立場を強調する意味もある)。 **37 get air**=get some fresh air. **38 rightly**

[8] 自宅埋葬

女は身を縮めて、男が階段の手すりに突いた手の
下をかいくぐり、そのまま下まで滑り下りた。
それから向き直り、恐ろしい形相でにらみつけたので、
男は思わず二度も同じことを言った、
「わが子を亡くした父親がそれを話しちゃいかんのか」。

「あなたはだめよ！　ああ帽子はどこ。いや、いらないわ。
ここから出て、空気を吸わなくちゃ。
どんな男でも、話していいかどうか、怪しいものだわ」。

「エイミー、今度はよその誰かのところへ行かないで。
聞いてくれ。そっちへ下りて行かないから」。
男は腰を下ろして、両手のこぶしの上に顎を載せた。
「ちょっと君に聞きたいことがあるんだが、いいかな」。

「聞き方も知らないくせに」。

「じゃあ教えてよ」。

答えの代わりに、女の指が掛け金にかかった。

―――――

(否定文で)《口》確かには。　**42**　I should like=I would like.　**43**
You don't...me, then　ここでリズムが乱れて、詩行の途中で行が変わる。　**44**　for all reply　答えの代わりに。

'My words are nearly always an offense. 45
I don't know how to speak of anything
So as to please you. But I might be taught
I should suppose. I can't say I see how.
A man must partly give up being a man
With women-folk. We could have some arrangement 50
By which I'd bind myself to keep hands off
Anything special you're a-mind to name.
Though I don't like such things 'twixt those that love.
Two that don't love can't live together without them.
But two that do can't live together with them.' 55
She moved the latch a little. 'Don't—don't go.
Don't carry it to someone else this time.
Tell me about it if it's something human.
Let me into your grief. I'm not so much
Unlike other folks as your standing there 60
Apart would make me out. Give me my chance.
I do think, though, you overdo it a little.
What was it brought you up to think it the thing
To take your mother-loss of a first child
So inconsolably—in the face of love. 65

---

48 **I should suppose** I suppose より遠慮がち。**I see how**=I see how to speak to you so as to please you. **50 With** 〜と関わると。**52 you're a-mind to**=《米・話》you are inclined to. **53 'twixt**=《古・詩》between. **58 human** 人間が理解できる範囲内の。**61 make out** （人を）〜だと思わせる。**Give me my chance** a chance でなく my chance という。私にも言わせてくれ、あの子は私の子で

[8] 自宅埋葬

「ぼくが何か言うと、たいてい君の気に障るんだ。
何を話すにも、どう言えば君のお気に召すのか
わからない。でも教われば何とかなると思うんだが、
どうだろう。自分じゃどうしていいのかわからない。
どうやら女が相手だと、男は半分男を捨ててかかるしか
なさそうだ。二人で取り決めをして、君がとくに
指定したいものには、ぼくがいっさい手出しを
しない、そう約束することにしたらどうだろう。
愛する二人の間にそんなものが入り込むのは嫌なんだが。
愛のない者同士は、それなしでは共に生きてはいけない。
だが愛する者同士は、あっては共に生きていけない」。
女がちょっと掛け金を動かした。「よせ——行かないで。
今度はよその誰かに泣き込むんじゃない。
どういうことか話してくれよ——人間にわかることなら。
君の悲しみの中に入れてほしい。君がそうして離れて
立っていると、まるでぼくが普通じゃないみたいだが、
そんなことはない。ぼくの身にもなってくれ。
それに悪いけど、君はちょっとやりすぎじゃないか。
いったいどこで教わったんだろう——最初に生んだ子を
亡くした母親は、それほど身も世もあらず
嘆き悲しむものだなんて——愛の絆(きずな)に逆らってまで。

もあるという。 62 I do think do(強勢つき)は、「そう思わないわけじゃない(やはりそう思う)」と否定の否定(即ち肯定)を強調。 63-65 What was...So inconsolably brought の前に that を補う(強調構文。最初の it は that 以下を指す)。 63 brought...up (人を)〜するようにしつけた、育てた(to)。 think it the thing To 〜するのがふさわしい(礼になった)ことだと思い込む。it は次行の To 以下

You'd think his memory might be satisfied—'

'There you go sneering now!'

                              'I'm not, I'm not!
You make me angry. I'll come down to you.
God, what a woman! And it's come to this,
A man can't speak of his own child that's dead.'   70

'You can't because you don't know how to speak.
If you had any feelings, you that dug
With your own hand—how could you?—his little
                                            grave;
I saw you from that very window there,
Making the gravel leap and leap in air,   75
Leap up, like that, like that, and land so lightly
And roll back down the mound beside the hole.
I thought, Who is that man? I didn't know you.
And I crept down the stairs and up the stairs
To look again, and still your spade kept lifting. 80
Then you came in. I heard your rumbling voice

を指す。　**64 mother-loss**　フロストの造語。　**66 You'd think...be satisfied**　皮肉交じりに〈まるでそうすれば、あの子の霊が満足するとでも言わんばかりだ〉の意。You は(一般的に)「誰だって」。**memory**　死後の記憶、故人の霊。　**67 go**　(人が)好ましくないことをする(doing)。　**69 it's come to this**　こんな破目になるなんて。成り行きを嘆く決まり文句。　**72-73 you that...little grave**　dug の

[8] 自宅埋葬　73

それであの子の霊が喜ぶとでも ── 」。

「ほらまた私を馬鹿にして」。

　　　　　　　　　　　　「いや、していない、していない。
しまいには怒るぞ。いまそっちへ下りて行く。
いやもう呆(あき)れた女だ。それにしても、何てこった、
子供に死なれた父親が、それを口にも出せないなんて」。

「だめよあなたは、口の利(き)き方も知らないんだから。
感情の一(ひと)かけらでもあったら ── 自分の手で
あなたは掘ったのよ ── よくもまあ ── あの子の小さな
　　　　　　　　　　　　　　　　　　　　　　　お墓を。
わたしは例の窓から見ていたわ。
あなたが砂利をぽんぽん高く跳(は)ね上げると、
砂利はこんなに、こんなに飛び上がってから、軽々と
地面に下りて、穴のまわりの土を転がり落ちた。
あの人は誰？　私はそう思った。見ず知らずの人間だった。
私は這うようにして階段を下り、それからまた上がって
見ると、あなたはまだシャベルを振(ふ)るっていた。
それから家に入ってきた。台所のほうから、よくひびく

──────────

目的語は(挿入節 how could you? を隔てて)his little grave.　75-76
Making the...so lightly　同語句の反復(leap, like that)と[l]の頭韻で
シャベルの勢いとはずむ砂利のリズムを伝える。　76　like that, like
that　手ぶりで動きを示す。

Out in the kitchen, and I don't know why,
But I went near to see with my own eyes.
You could sit there with the stains on your shoes
Of the fresh earth from your own baby's grave   85
And talk about your everyday concerns.
You had stood the spade up against the wall
Outside there in the entry, for I saw it.'

'I shall laugh the worst laugh I ever laughed.
I'm cursed. God, if I don't believe I'm cursed.'   90

'I can repeat the very words you were saying.
"Three foggy mornings and one rainy day
Will rot the best birch fence a man can build."
Think of it, talk like that at such a time!
What had how long it takes a birch to rot   95
To do with what was in the darkened parlor.
You *couldn't* care! The nearest friends can go
With anyone to death, comes so far short
They might as well not try to go at all.
No, from the time when one is sick to death,   100

---

85 yóur ówn báby's gráve 突き刺すような強勢。 86 everyday concerns=everyday affairs「日常茶飯事」。 88 entry おそらく台所から外に張り出した屋根付き部分。 90 if I don't believe I'm cursed=I'll be damned if I don't believe I'm cursed「俺はきっと呪われているに違いない」。 95-96 What had...darkened parlor?「死んだ子」とはとても口に出せない。構文は What had A to do with

[8] 自宅埋葬

太い声が聞こえたので、なぜだかわからないけど、
そこまで行ってみた——この目で見届けるために。
あなたはなんと、自分の赤ちゃんのお墓で
汚れた土足のままでそこに座って、
いつもの仕事の話をしていた。
シャベルは台所の出入り口の壁に
立てかけてあった——ちゃんと見たんだから」。

「こいつはとんでもない大笑いだ。
俺は呪われている。どう考えても呪われているんだ」。

「そのときのあなたの言葉をそっくり覚えているわ。
「霧の朝が三日も続き、雨の一日でも降った日には、
どれほど丈夫にこさえた樺の柵も、すぐに腐っちまう」。
呆れ返るわ。あんなときにそんな話をするなんて。
樺の木が腐りやすいことが、あの暗くした居間に
寝かせてあった者と、いったいどんな関係があるの。
どうせどうでもいいのよ。誰かに友達が死ぬまで一緒だと
言っても、どうせうんと手前までしか行けないのだから、
いっそはじめから行くなんて言わないほうがましよ。
そう、人は死の床についたが最後、

B? 96 parlor 《米、やや古》居間、客間(今はふつう living room)。
97 You *couldn't* care 仮定法過去の婉曲表現。 97-100 The nearest...to death 友達がなんとか(一緒に)行ってあげられる、死にいちばん近いところ。これが文の主語。 98 comes short （目標に)達しない、届かない。 99 might as well ～した方がましだ。

One is alone, and he dies more alone.
Friends make pretense of following to the grave,
But before one is in it, their minds are turned
And making the best of their way back to life
And living people, and things they understand. 105
But the world's evil. I won't have grief so
If I can change it. Oh, I won't, I won't!'

'There, you have said it all and you feel better.
You won't go now. You're crying. Close the door.
The heart's gone out of it: why keep it up. 110
Amy! There's someone coming down the road!'

'*You*—oh, you think the talk is all. I must go—
Somewhere out of this house. How can I make you—'

'If—you—do!' She was opening the door wider.
'Where do you mean to go? First tell me that. 115
I'll follow and bring you back by force. I *will!*—'

---

103 it=grave. 妻は自分を、墓の中のわが子の身に重ねている。
104 making the...their way （困難にもかかわらず）できるだけ道を急いで。 106 I won't have grief so 「こんなに嘆きはすまい（もし私が世界を変えられるなら）」とは解せない。cf. You can't have it so「そうは行かない（させない）」。 107 it=grief(the world ではない)。 110 The heart's gone out of it もう（張り合い、熱意が）抜

[8] 自宅埋葬　　77

もう一人ぼっち、死ぬときはもっと一人ぼっちなの。
友達はみな墓場までついてくるふりを装っているけど、
こちらがまだ墓に入らないうちから、みんなの心はもう
そっぽを向いて、生きている人々や、自分のよく
わかっている物事のほうに、さっさと戻っていく。でも
世界は邪悪よ。人を亡くした悲しみがそんなものであって
ほしくない、もし変えられるなら。ああ、いやいや」。

「さあ、胸の中を吐き出して、気分がすっとしただろう。
もう出て行かないね。おや泣いているのか。戸を閉めて。
もう気がすんだだろう。むりに引きずることはない。
エイミー、誰かがこっちへやって来る」。

「まあ！　話せばすむと思っているのね。行かなくちゃ──
どこかこの家の外へ。いったいあなたって人は──」。

「行ける──もの──なら！」女は戸を開けかかった。
「どこへ行くつもりだ。まずそれを言いなさい。あとから
ついて行って、力ずくでも連れ戻す。何が何でも──」。

けたね。　why keep it up　〈why＋原形不定詞〉は「なぜ〜するのか
（やめたらどうか）」の意。　114　If—you—do=If you go out of the
house「（まさかそんなことはしないだろうが）もし君がここから出て
行ったりすれば（どうなるかわかっているだろうな）」。　115-116
First tell...I *will*—　[f][b]音の頭韻。

[9]　After Apple-Picking

My long two-pointed ladder's sticking through a tree
Toward heaven still,
And there's a barrel that I didn't fill
Beside it, and there may be two or three
Apples I didn't pick upon some bough.　　　　　　　5
But I am done with apple-picking now.
Essence of winter sleep is on the night,
The scent of apples: I am drowsing off.
I cannot rub the strangeness from my sight
I got from looking through a pane of glass　　　　　10
I skimmed this morning from the drinking trough
And held against the world of hoary grass.
It melted, and I let it fall and break.
But I was well
Upon my way to sleep before it fell,　　　　　　　15
And I could tell
What form my dreaming was about to take.

---

[9]　**2　Toward heaven**　「空」でなく「天」を指す。「ヤコブの梯子」(「創世記」28: 12)を匂わすという説もある。　**4　it**=the ladder. **4-5**　two or three から Apples まで、大胆な句跨ぎ(形容詞と名詞の間で行を変える)が続く。　**6　done**　(人が仕事を)終えた(*with*)。「くたくたになった」の含意もある。　**7　Essence**　(1)本質、素。(2)香り。　**winter sleep**　「冬眠」hibernation をも意味する。　**on the**

[9] りんご摘みのあとで

長い梯子(はしご)の先が二本、木を突き抜けて、
まだ天のほうを指しているし、
そのそばには、もっと詰めれば詰められる
樽がある。どこかの枝にはまだ摘んでいない
りんごが二、三、残っているかもしれない。
でもりんご摘みは、もうおしまいだ。
冬の眠りの精(エキス)が夜気(やき)にただよっている――
りんごの香りだ。私はうとうとしかかっている。
いくら目をこすってみても、取れそうにない――
けさ水飼桶(みずかいおけ)からすくい取ったガラス板を
手にかざして、白く霜の降りた草の世界を
透かして見たとき、目にこびりついたあの違和感が。
ガラスは融け、手を放すと落ちて割れた(と)。
だがそれが落ちる
前に、私はずるずると眠りに引き寄せられて、
これから見る夢がどんな
形をとるのか、分かっていた。

---

night 夜気の中にただよって(on は媒体を指す)。 **8 drowsing off** 現在進行形で語られるこのまどろみは、詩のいま現在に起こっている。今はもう夜で、語り手は(たぶん床の中で)うとうとして、過去のりんご摘みを思い出している。 **9-11 I cannot rub...drinking trough** 目的格の関係節が2つも重なり(2つの関係代名詞 that を省略)、句跨ぎとも相まって、引きずるような間延びした文を作る。複雑な構文

Magnified apples appear and disappear,
Stem end and blossom end,
And every fleck of russet showing clear. 20
My instep arch not only keeps the ache,
It keeps the pressure of a ladder-round.
I feel the ladder sway as the boughs bend.
And I keep hearing from the cellar bin
The rumbling sound 25
Of load on load of apples coming in.
For I have had too much
Of apple-picking: I am overtired
Of the great harvest I myself desired.
There were ten thousand thousand fruit to touch, 30
Cherish in hand, lift down, and not let fall.
For all
That struck the earth,
No matter if not bruised or spiked with stubble,
Went surely to the cider-apple heap 35
As of no worth.
One can see what will trouble
This sleep of mine, whatever sleep it is.

が夢うつつのようなまどろみの状態を再現する。けさ仕事を始める以前から、語り手は早くも眠気に襲われていたのだ。　**11　skimmed** (液体から薄皮など、ここでは氷を)すくい取った。　**drinking trough** [trɔ́ːf](家畜用の細長い)水桶。　**14-16　well/fell/tell** 例外的に3行続きの脚韻。　**17　What form...to take** 夢の具体的な内容の予想(第37-38行の what will...of mine も同様)。　**18-20　Magnified**

ばかでかいりんごが現われては消えていく、
軸の側や花弁の側、
黄褐色のそばかすまで、くっきり見えながら。
足の土踏まずには、痛みばかりか、
梯子の桟(さん)の圧迫感さえ残っている。
枝がしなうと梯子が揺れる。
地下の倉庫からは、何杯も
また何杯ものりんごがごろごろと
転がり込む音が、まだ聞こえている。
なにしろりんご摘みの
やりすぎで、自分が望んだはずの
大豊作に、すっかりくたびれ果てたのだ。
何千もまた何万ものりんごにさわり、そっと
手で包み、もぎ離し、落とさないよう気を付ける。
なぜなら
地に落ちたものはみな、
無傷だろうが、刈り株が刺さっていなかろうが、
確実にジュース用の山行きだったから、
くず物として。
私のこの眠りを乱すものがいったい何なのか、
分かりきっている —— どんな眠りなのかは別として。

---

apples...showing clear　詩句の誇張的なリズムと響き([p][s]音の頭韻など)。　19　Stem end　りんごの茎側の端。　blossom end　花側の端。　20　showing　《自動詞》見えている。第18-20行は視覚的イメージ。　21　instep arch　(足の)土踏まず(=foot arch)。　22　ladder-round　梯子の横木(=rung)。第21-23行は触覚的イメージ。　24　bin　(仕切られた、穀物などの)貯蔵庫。　26　load on load

Were he not gone,
The woodchuck could say whether it's like his   40
Long sleep, as I describe its coming on,
Or just some human sleep.

---

of 大量の。第24-26行は聴覚的イメージ。 30 ten thousand thousand=ten million 一千万の。 31 lift down 持ち上げて下ろす。 not let fall 人類の「堕落」を暗示するか。 34 No matter if 〜いかんにかかわらず。 35 cider 《米》りんごジュース。 36 As of no worth=As worthless. 38 whatever sleep it is 夢の内容ではなく、2種の眠りの性質の違いを問う。 39 Were he not gone=If

[9] りんご摘みのあとで　83

もしまだあたりにいたら、
ウッドチャックに聞けるのに——いま話しているように
私に来かかっているのは、彼の長い眠りに似たものか、
それともただの人間の眠りなのかを。

---

he were not gone.　**40　woodchuck**　ウッドチャック。米北東部産のマーモット属リス科の動物。地に穴を掘って住む。もう冬眠しているらしい。軽いユーモア。　**41　as I describe its coming on**　挿入節で、第40行の whether 以下の節全体にかかる。第40行の it's と第41行の its は、第38行の This sleep of mine を指す。

84　フロスト詩集

[10]　The Wood-Pile

Out walking in the frozen swamp one gray day,
I paused and said, 'I will turn back from here.
No, I will go on farther—and we shall see.'
The hard snow held me, save where now and then
One foot went through. The view was all in lines　　　5
Straight up and down of tall slim trees
Too much alike to mark or name a place by
So as to say for certain I was here
Or somewhere else: I was just far from home.
A small bird flew before me. He was careful　　　10
To put a tree between us when he lighted,
And say no word to tell me who he was
Who was so foolish as to think what *he* thought.
He thought that I was after him for a feather—
The white one in his tail; like one who takes　　　15
Everything said as personal to himself.
One flight out sideways would have undeceived him.

---

[10]　4　**save where**=except in places where。　5　**lines**　高い木々の縦線。　6　**up and down**=up-and-down「《米》垂直の」。　7　**Too much...place by**=(The trees are) so much alike that you cannot mark or name a place by them.　10　**A small bird**　ごくさり気ない話の展開。だが19世紀前半のロマン主義の詩やおとぎ話の中ならば、この鳥は未知の領域、見知らぬ国への道案内の役をつとめたかも

[10] 薪（まき）の山

ある灰色の一日、凍った湿原に出かけたとき、
私は立ち止まってこうつぶやいた。「ここから引っ返そう。
いや、もっと先へ行って——様子を見よう」。
堅い雪で足元は確かだったが、ときどき
片足がずぶりとはまり込んだ。見渡す限り、
細く背の高い木々がそそり立つ縦の線ばかり——
何の代わり映えもしないので、自分がいまどこにいる、
そこにいると、目印や名前でちゃんと見当をつけることも
できない。ただ家から遠いというばかり。
一羽の小鳥が目の前を飛んでいた。彼は用心深く、
とまるときには私との間に木を一本挟むようにして、
ひと言も口をきかなかった——私の腹のなかを読んで、
そんな事を企む間抜けには正体を明かせないというのだ。
彼の考えでは、私は彼の羽根をねらっているらしい——
尻尾（しっぽ）の白い羽根を。それではまるで、人の言うことは
何でも自分への当てこすりだと勘繰る人間そっくりだ。
ちょっと脇に逸（そ）れてみればすぐ考えすぎだとわかるのに。

しれない。**12-13 And say...he thought** わざとwhoやthinkやthoughtを連発し、持って回ったような言い方で読者をまごつかせ、ユーモラスに煙に巻く。**13 Who** 先行詞は前行のme。**14 after** 《目的》～の後を追って。**15 takes** take A as Bは「AをBだと見なす」。**16 personal** ～個人に関わる(to)。鳥を人に譬える（逆ではない）ユーモラスな直喩。**17 undeceived** （人の）誤解を解

And then there was a pile of wood for which
I forgot him and let his little fear
Carry him off the way I might have gone, 20
Without so much as wishing him good-night.
He went behind it to make his last stand.
It was a cord of maple, cut and split
And piled—and measured, four by four by eight.
And not another like it could I see. 25
No runner tracks in this year's snow looped near it.
And it was older sure than this year's cutting,
Or even last year's or the year's before.
The wood was gray and the bark warping off it
And the pile somewhat sunken. Clematis 30
Had wound strings round and round it like a bundle.
What held it though on one side was a tree
Still growing, and on one a stake and prop,
These latter about to fall. I thought that only
Someone who lived in turning to fresh tasks 35
Could so forget his handiwork on which
He spent himself, the labor of his ax,
And leave it there far from a useful fireplace

いた。 **19 let** 過去形。 **20 the way** 前置詞を略して「〜する方向に」。 **21 so much as** 〜程度のことさえ(せずに)。 **22 make his last stand** 最後の抵抗を試みる。鳥の(ひとり合点の)かけひき。 **23 cord** 《米・カナダ》燃料用木材の積層単位。長さ4フィート(約1.2m)、高さ4フィート、幅8フィート。昔は紐(コード)で測られたためそう呼ばれる。 **split** 斧で縦に断ち割られた。 **26**

すると前方にきちんと積み上げた薪があり、私はそちらに
気を取られて、鳥のことを忘れてしまい、彼がささやかな
不安をかかえて、私が行くはずだった方向に
飛んでいくのに任せた —— お休みの言葉一つかけないで。
彼は薪の向こう側に回って、最後の陣を敷いていた。
それは規格どおりに切って、断ち割って、積み上げた
カエデの薪で —— 寸法はぴったり四×四×八だ。
それに似たものは、ほかにはどこにも見当たらなかった。
今年の雪の上にはコロが傍(そば)を迂回した跡も残っていない。
それにどう見ても、今年伐り出した木材どころか、
去年の、いやその前の年の木よりも古そうだ。
木は灰色をして、皮が反(そ)ってめくれ上がり、
薪の山全体がやや沈み込んでいた。クレマチスが
まわりにぐるぐる紐をかけていた —— 束(たば)を括(くく)るみたいに。
だが実際にそれを支えていたのは、片側では
まだ伸びつつある木、もう片側では杭(くい)と突っ張りで、
こちらはもう倒れかかっていた。察するに、
いつも次々と新しい仕事に乗り換えるたちの人間だけが、
こんな風に、せっかく汗水たらして
斧を振るった手仕事をあっさり忘れ、
しかるべき暖炉から遠いこんな所に放り出して、

---

runner=roller「コロ」。重い物を動かすとき、下に敷いて転がすのに用いる堅く丸い棒。　looped　輪を描いた。別の薪の山がこの薪を迂回した形跡もない。　**27**　**sure**　《口語》どう見ても。　**cutting**　切ったもの。　**28**　**last year's**= last year's cutting.　**29**　**warping**　(板などが)反っている。　**30**　**sunken**　周囲より沈下した。　**Clematis**　クレマチス。キンポウゲ(buttercup)科センニンソウ属のつる植物の総

To warm the frozen swamp as best it could
With the slow smokeless burning of decay.   40

称。 33 stake （地面に打ち込む）杭。 prop 薪の支柱。念入りに下ごしらえされている。 34 about to 今にも～しようとして。 35 turning to ～に転じること。 37 spent himself ～に全力を尽くした(on)。 the labor of his ax spent の目的語。 38 useful fireplace この薪束が役に立ちそうな暖炉。 39-40 To warm...of decay 英国で詩集が出た直後から有名になった2行。湿原の森の奥

[10] 薪の山

それが、ゆるゆると朽ち果てていくものの煙なき燃焼で
凍った湿原を精一杯、温めるままにしておけるのだ。

に放置された薪の山は、暖炉で部屋を暖める代わりに、人知れずゆっ
くりと朽ち果て崩壊していくことで、煙も立てない「燃焼」の冷たい
熱（負のエネルギー）を発散し、凍った湿原を空しく温めている。「腐
朽」の静かな燃焼による熱の発散——理解を越える表現ながら、湿原
に空しく朽ちていく薪の山の不毛感を、ふしぎな説得力で実感させる。

[11]　The Road Not Taken

Two roads diverged in a yellow wood,
And sorry I could not travel both
And be one traveler, long I stood
And looked down one as far as I could
To where it bent in the undergrowth;　　　　　　　5

Then took the other, as just as fair,
And having perhaps the better claim,
Because it was grassy and wanted wear;
Though as for that the passing there
Had worn them really about the same,　　　　　　10

And both that morning equally lay
In leaves no step had trodden black.
Oh, I kept the first for another day!
Yet knowing how way leads on to way,
I doubted if I should ever come back.　　　　　　15

---

[11]　**2-3　sorry I...one traveler**　直訳は「両方の道を旅しながら、1人の旅人でいられないのが残念で」。語順が逆だが、具体的でわかりやすい独特の言い回し。　**4　down**　《前置詞》〜に沿って。one=one road.　**6　as just as fair**=as being just as fair as the first road. 1つ目の as は「〜だと見なして」。　**6-8**　語り手が別の道を選んだわけは、(1)さっきの道と美しさは変わらないと思ったから、(2)

[11] 選ばなかった道

黄色に染まった森のなかで、道が二手(ふたて)に分かれていた。
旅人ひとりの身でありながら、両方の道を進むわけには
いかないので、私は長く立ち止まって、
目の届く限り見つめていた —— 片方の道が向こうで
折れ曲がり、下生(したば)えの下に消えていくのを。

それから別の道を進んだ、前のと同じくらい平坦だし、
ことによれば、より選ばれる資格があると思って ——
その道は草が深く、もっと踏み均(なら)す必要があったから。
だがそれを言うなら、実のところ、どちらの道も
ほぼ同じ程度に踏み均されていたのだが。

そしてその朝は、どちらの道にも同じくらい、
まだ黒く踏み汚されていない枯葉が散り敷いていた。
まあ最初の道は後々(あとあと)のために残しておいたというわけだ。
とはいえ、道はつぎつぎ別の道に続いていくものだから、
二度とそこに戻ってこられようとは、思っていなかった。

こちらは草が生い茂っているので、よく踏み均した方がいいという点で、より立派な資格があると思ったから。 7 the better claim=the better claim than the first one. claim 要求する権利。 8 wanted wear=needed wear(草が)摩耗(踏まれてすり減ること)を必要としていた。 9 as for that その点では。 the passing there そこでの人々の通行。 10 really 実は。 about the same ほぼ同じよう

I shall be telling this with a sigh
Somewhere ages and ages hence:
Two roads diverged in a wood, and I—
I took the one less traveled by,
And that has made all the difference. 20

に。 **12 had trodden black** 〜を黒く踏みつけていた。どちらの道もまだ新しく、黒く踏み汚されたものはないという。 **13 Oh** いやまあ。軽い言い訳の調子。 **the first**=the first road. **another day** 後日。 **14 way leads on to way** 諺のようだが、この詩で有名になった。 **leads** (道が)〜に通じている(*to*)。 **on** 《副詞》どんどん続けて。 **15 ever** 1度たりとも。第13行で、〈またいずれここに戻

いつの日か、今からずっとずっと先になってから、
私はため息をつきながら、この話をすることだろう。
森の中で道が二手に分かれていて、私は──
私は人通りが少ない方の道を選んだ、そして、
それがあとあと大きな違いを生んだのだと。

って、最初の道を通ってみるさ〉と言ったのに、すぐそれを打ち消している。 **17** cf. somewhere in the 1960's「1960年代ごろに」。 **ages** [éidʒiz] 2音節。《口》うんと長い間。 **hence** cf. ten years hence「今から10年後に」。 **19** one less traveled by=the road less traveled. **20** And that...the difference そしてそれ(その選択)がのちに大違いを生んだのだ。

[12]　An Old Man's Winter Night

All out-of-doors looked darkly in at him
Through the thin frost, almost in separate stars,
That gathers on the pane in empty rooms.
What kept his eyes from giving back the gaze
Was the lamp tilted near them in his hand.　　　　　5
What kept him from remembering what it was
That brought him to that creaking room was age.
He stood with barrels round him—at a loss.
And having scared the cellar under him
In clomping here, he scared it once again　　　　　10
In clomping off; —and scared the outer night,
Which has its sounds, familiar, like the roar
Of trees and crack of branches, common things,
But nothing so like beating on a box.
A light he was to no one but himself　　　　　　　15
Where now he sat, concerned with he knew what,
A quiet light, and then not even that.

---

[12]　1　**out-of-doors**=《名詞、単数扱い》outdoors「戸外、野外」。**darkly**　険悪に、嚇すように。　2　**in separate stars**　個々ばらばらの星となって。　3　**gathers**　(霜が)固まる。　4　**kept**=prevented (*from* doing).　5　**tilted**　傾げられた。**them**=his eyes.　8　**barrels**　りんご酒やワインなどを貯蔵しておく。　9　**scared the cellar**　(自分の方が怖いから)わざとドスンドスン歩いて、下の地下室にいる(か

[12] 老人の冬の夜

戸外のすべてが嚇(おど)すように彼をのぞき込んでいた――
からっぽのどの部屋の窓ガラスにも、ほとんど
離れ離れの星のように張り付いている薄い霜越しに。
彼の目が外を見返さないでいられるのは、
手に持ったランプを目の傍(そば)に傾(かし)げているからだ。
床(ゆか)がギシギシ鳴るこの部屋に自分が何をしにきたのかを
思い出せないでいるのは、年齢(とし)のせいだ。
彼は樽に取り囲まれて立っていた――途方に暮れて。
そして入ってくるときドシンドシンと歩いて
足元の地下室を脅(おど)かしたように、またドシンドシンと
出て行って地下室を脅かし――序(つい)でに外の夜も脅かした。
外には外の聞き慣れた音があって、木々の吼えたける声や
枝のバキバキ折れる音はありふれているが、
箱をたたく音に似たようなものは、ありっこない。
彼はただ自分ひとりを照らす灯(あ)りでしかなく、今は
そこに座り、自分にしかわからない事を気にかけていた。
静かな灯り、いや、もはやそれでさえない。

もしれない)怖い物を脅かした。 13　common things　(木が風に吼えたり枝が折れたりする)よくある物(音)。　14　nothing so...a box　第12行目の has の目的語。箱をたたくのに似た音は自然界にはない。老人は自然を脅かそうとした。　15　A light he was=He was a light. but=except.　16　Where now he sat　彼は自分がいる場所でだけかろうじて存在している。広い範囲には意識が及ばない。　17　A quiet

He consigned to the moon, such as she was,
So late-arising, to the broken moon
As better than the sun in any case   20
For such a charge, his snow upon the roof,
His icicles along the wall to keep;
And slept. The log that shifted with a jolt
Once in the stove, disturbed him and he shifted,
And eased his heavy breathing, but still slept.   25
One aged man—one man—can't keep a house,
A farm, a countryside, or if he can,
It's thus he does it of a winter night.

---

light 第15行目のA lightと同格。 and then いやそれどころか。
18 consigned to the moon 彼は月にまかせた。何をまかせたのか。
such as she was こんな(情けない)月だが。 19 So late-arising
こんなに遅くしか昇ってこない(頼りない)月。 21 his snow...the
roof 「彼がまかせた」のは、屋根の「彼の雪」と、壁の「つらら」
を「守る」keep(第22行)仕事だ。自分にはもう責任がもてないので、

彼は月にまかせることにした —— こんな頼りない、
出てくるのが遅い、片割れの月だが、
ともかくこんな仕事には太陽より向いて
いるだろうから —— 屋根の上の彼の雪と
壁に下がった彼のつららの世話を。
そして眠った。一度ストーブの中で、薪（まき）ががたんと
崩れて彼の眠りを乱し、彼は寝返りを打って
荒い呼吸（いき）をゆるめたが、それでも目は覚めなかった。
年老（としお）いた男 —— 男が一人、家の、
農場の、田舎の世話なんかできっこない。できるとしても、
冬の夜々（よなよな）には、ただこんな風にしているだけのこと。

―――――

雪やつららの面倒を月に見てもらうのだ。ただし雪かきなどの現実的な話ではなく、ただ彼の家の大事な一部として見守ってくれればいい。太陽は両方を溶かすので、この仕事には向かない。　**26　aged** [éidʒid] 2 音節。　**keep a house**　1 軒の家を維持する。　**28　It's thus** 直後に that を補う。　of=《文》on.

[13]　The Telephone

'When I was just as far as I could walk
From here today,
There was an hour
All still
When leaning with my head against a flower　　　5
I heard you talk.
Don't say I didn't, for I heard you say—
You spoke from that flower on the window sill—
Do you remember what it was you said?'

'First tell me what it was you thought you heard.'　　10

'Having found the flower and driven a bee away,
I leaned my head,
And holding by the stalk,
I listened and I thought I caught the word—
What was it? Did you call me by my name?　　15

---

[13]　4　**All still**　後ろからhour(第3行)にかかる。　5　**When leaning...a flower**　(直訳は)「1本の花に頭でもたれかかって(倚りかかって)いたとき」。ふしぎな動作だが、きれいな花に魅せられて、じかに触れるほど頭を寄せかけていたのだろう。すると、とつぜん「君」の声が聞こえてきたという。　**against**　～にもたれかかって。　7　**I didn't**=I didn't hear you talk.　8　**window sill**　窓の下枠。窓

[13] 電話

「今日ここから、歩けるだけ遠くまで
歩いて行ったとき、
しんとした一時間が
あった。
ある花の上にかがみ込んで、頭を寄せてみると、
君の声が聞こえた。
まさかなんて言わないで、ちゃんと聞こえたんだから ──
君はそこの窓枠の上の花から掛けてきたんだね ──
そのとき何と言ったか、覚えているかい」。

「その前に、何と聞こえたと思ったのか、教えてよ」。

「その花を見つけて、蜂を追い払ってから、
頭を近寄せて、
茎をつかんで、
耳を澄ますと、たしかに聞き取れた気がした ──
何と言ったっけ。ぼくの名前を呼ばなかった？

台。その上に花が飾られている。どうやら「私」はすぐ目の前の花と、ずっと遠くで咲いていた花との間に、まるで電話のように通話が成立していたと言いたいらしい。その口ぶりはあくまでポーカーフェースを通している。　**9　what it...you said**　it...that の強調構文(that を省略)。これで、第5-6行のふしぎな動きの意味がはっきりする。男は花を電話機に見立てて花の茎をつかみ、花に耳を寄せて、女からの

Or did you say—
Someone said "Come"—I heard it as I bowed.'

'I may have thought as much, but not aloud.'

'Well, so I came.'

言葉を聞き取ろうとしたのだ。 **10 First tell...you heard** いたずらっぽい響きもつ相手(夫か)の話に対して、女はけげんそうに(または、相手の茶目っ気に調子を合わせて)問い返す。 **14 caught** 〜をはっきり聞き取った。 **16-17 Or did...I bowed** 文やリズムの呼吸、話の飛躍の仕方はふだんの語調そのままで、豊かな抑揚を含む。第17行は弱強5歩格の枠にきちんと収まっている。 **18 thought as**

それとも君は——
誰かが「来て」と言った——かがんだ時にそう聞こえた」。

「そう思ったかもしれないわ、口には出さないけど」。

「ね、だから帰って来たのさ」。

---

much=thought so.

[14]　The Oven Bird

There is a singer everyone has heard,
Loud, a mid-summer and a mid-wood bird,
Who makes the solid tree trunks sound again.
He says that leaves are old and that for flowers
Mid-summer is to spring as one to ten.　　　　　　　　5
He says the early petal-fall is past
When pear and cherry bloom went down in showers
On sunny days a moment overcast;
And comes that other fall we name the fall.
He says the highway dust is over all.　　　　　　　　10
The bird would cease and be as other birds
But that he knows in singing not to sing.
The question that he frames in all but words
Is what to make of a diminished thing.

---

[14]　**2 Loud, a...mid-wood bird**　A loud mid-summer...bird とせず、Loud を文頭に引っ張り出して強調する破格の口語調。[m]音の頭韻。　**3 Who**　先行詞は第1行の singer。[s]音と[tr]音の耳障りな頭韻。　**4 for**　～の点では。　**5 Mid-summer is...to ten**　A is to B as C(is) to D は「A対BはC対D」の意。　**6 early**　早々と訪れる。　**petal-fall**　花弁落花期。果実の実る木の満開から1-2週間後

[14]　カマドムシクイ

誰もが聞いたことのある歌い手がいる。
やかましい真夏の鳥、森の奥の鳥で、
堅い木の幹をもう一度、季節外れに鳴り響かせる。
彼が言うには、もう木の葉も古びたし、花はと言えば、
真夏と春の割合は、一対十だ。
彼が言うには、うららかな日和(ひより)をしばし翳(かげ)らせて
梨と桜の花が雨霰(あめあられ)と散り乱れた
落花の季節はもうとっくに過ぎて、
秋と呼ばれるあの落葉の時がやって来る。
彼が言うには、街道の土埃(つちぼこり)があたり一面を覆っている。
この鳥も仲間を見習ってさっさとやめにすることだろう、
もし彼が通じていなかったら——歌いつつ歌わない術(すべ)に。
彼が言葉すれすれの言葉で投げかけている問いは、
盛りが過ぎたものをどうすればいいのかということだ。

に花びらが散る時期。　7　bloom=flower.　8　overcast　散る花で日が翳った。　9　the fall　秋をfallと呼ぶのは葉が落ちる季節だから。春の落花とは別の落下。すべてを包む「凋落」の気分を暗示する。　12　But that he knows=If he does not know.　13　frames　言い表わす。　14　diminished thing　衰えたもの。

[15] Birches

When I see birches bend to left and right
Across the lines of straighter darker trees,
I like to think some boy's been swinging them.
But swinging doesn't bend them down to stay
As ice-storms do. Often you must have seen them   5
Loaded with ice a sunny winter morning
After a rain. They click upon themselves
As the breeze rises, and turn many-colored
As the stir cracks and crazes their enamel.
Soon the sun's warmth makes them shed crystal shells   10
Shattering and avalanching on the snow-crust—
Such heaps of broken glass to sweep away
You'd think the inner dome of heaven had fallen.
They are dragged to the withered bracken by the load,
And they seem not to break; though once they are bowed   15

---

[15] 3 swinging ブランコを「揺らす」とかバットをくるりと「振り回す」のではなく、背の高い木を「揺さぶる」というのは、初めはよく意味のわからない変わった表現。 4 But ここで話が(少年の話題から)逸れる。 to stay=《口語》permanently. 5 ice-storms 《米北東部》過冷却状態の(着氷性の)雨をともなう嵐。地面や木に雨氷が付着する。 9 cracks and crazes [kr]音の頭韻。擬音語や比喩

［15］ 樺(かば)の木

樺の木が左に右にねじ曲がって、よりまっすぐな
黒っぽい木々の縦線(たてせん)を横切っているのを見ると、
誰か子供が木を揺さぶっていたのだと想像したくなる。
だが揺さぶっただけでは木は曲がりきりにはならない。
それは凍る雨嵐(アイス・ストーム)の仕業(しわざ)なのだ。雨のあと冬の朝日を浴びて
木々がびっしり重い氷に覆(おお)われていることが
よくある。緩(ゆる)い風が吹くと木々はカチカチぶつかり合って
七色に光り、揺すられた表皮のエナメルには
パリパリとこまかなひびが入る。
しばらくすると、陽のぬくもりで水晶の薄皮が
　　　　　　　　　　　　剥(ひ)ぎ落とされて、
堅い雪の上にザラザラと雪崩(なだ)れ落ちる──
あたりは(掃き出したいような)ガラスの山だらけで、
まるで天の内側の円天井(まるてんじょう)が落ちてきたみたいだ。
木々は氷の重みで枯れた羊歯(しだ)のやぶあたりまで引き倒され、
しかし折れそうもない。だがこう這(は)いつくばった
　　　　　　　　　　　　ままで

による色と光、動きと音の世界。　10　shells　（果実・種子などの）硬い外皮、卵のから、うろこ。　11　snow-crust　凍った雪の表面。「エナメル」「脱ぎ捨てる」「水晶」「殻」「雪崩」はどれも隠喩で、剝がれ落ちる雨氷を鮮明に描く。第10-11行は弱強5歩格が悲鳴を上げるほどリズムが乱れる。　13　the inner dome of heaven　シェリーの詩「アドネイス」Adonais(1821)第462-463行など「典拠」に諸

So low for long, they never right themselves:
You may see their trunks arching in the woods
Years afterwards, trailing their leaves on the ground
Like girls on hands and knees that throw their hair
Before them over their heads to dry in the sun.　　20
But I was going to say when Truth broke in
With all her matter-of-fact about the ice-storm
I should prefer to have some boy bend them
As he went out and in to fetch the cows—
Some boy too far from town to learn baseball,　　25
Whose only play was what he found himself,
Summer or winter, and could play alone.
One by one he subdued his father's trees
By riding them down over and over again
Until he took the stiffness out of them,　　30
And not one but hung limp, not one was left
For him to conquer. He learned all there was
To learn about not launching out too soon
And so not carrying the tree away
Clear to the ground. He always kept his poise　　35
To the top branches, climbing carefully

説あるが、単に〈空の円天井がぶっ壊れて色とりどりのガラスが落ちてきた〉という豪勢な比喩と解する。　**19-20　Like girls...the sun**　奇抜な擬人法の直喩。　**21-22　But I...the ice-storm**　脇に逸れていた話が、But でもとに戻る。樺の木は少年でなく凍る嵐のせいで折れ曲がるという「真実」が、話の中に割り込んできたという。味気ない「真実」とはいえ、その語り口は豪華ではつらつとした比喩に富む。

長い時が過ぎると、もう二度とは起き上がれない。
その後何年もたってから、森の中で見かけることがある、
木の幹が反り返って、地べたに葉を引きずっているのを ──
まるで娘が四つん這いになり、髪の毛を
頭の前方に投げ出して、乾かしているかのように。
だがさっき私が言おうとしていたのは ── そこへ「真実」が
割り込み、凍る雨嵐の味気ない事実を持ち出したのだが ──
私としては、ある子供が牛を連れ出し連れ戻すついでに、
木々を撓めていると思いたいということだ。
その子は家が町から遠いので、野球もよく知らず、
遊びといえば、夏でも冬でも自分で見つけたもの、
自分ひとりで遊べるものだけだ。
一本また一本と、彼は親父の木々を手なずけて行った ──
何度も何度も馬乗りになって、地面に降り立って。
やがて木々はすっかり骨抜きにされ、
どれもこれもぐったりしなだれて、もう征服すべき木は
一本も残っていない。学ぶべきことは、もう何もかも
心得ていた ── もし飛び出すのが早すぎて、
木が遠くまで振れなければ、ちゃんと地面まで
届かないことなど。彼はたえずバランスを取りながら、
てっぺんの枝まで登って行った、用心深く ──

───────

22 her 「真実」の。 matter-of-fact 〈the(ここでは her)+形容詞〉は「～なもの」。 23 I should prefer to ～する方が好ましいのだが。〈have＋人＋動詞(to 無しの不定詞)〉は「人に～させる、される」。 24 went 以下、子供の行為は「こう思いたい」という想定中の仮定法過去形か、純然たる過去形か(少年の行為には語り手自身の回想が重なる)、わざとぼかされている。 25 Some boy 第23行

With the same pains you use to fill a cup
Up to the brim, and even above the brim.
Then he flung outward, feet first, with a swish,
Kicking his way down through the air to the ground. 40
So was I once myself a swinger of birches.
And so I dream of going back to be.
It's when I'm weary of considerations,
And life is too much like a pathless wood
Where your face burns and tickles with the cobwebs 45
Broken across it, and one eye is weeping
From a twig's having lashed across it open.
I'd like to get away from earth awhile
And then come back to it and begin over.
May no fate willfully misunderstand me 50
And half grant what I wish and snatch me away
Not to return. Earth's the right place for love:
I don't know where it's likely to go better.
I'd like to go by climbing a birch tree,
And climb black branches up a snow-white trunk 55
Toward heaven, till the tree could bear no more,
But dipped its top and set me down again.

の some boy と同格。樺の木がどうして折れ曲がるのか、より「好ましい」ストーリーが展開される。　**31**　not one but hung limp=not one tree that did not hang limp. 母音[ʌ]の連鎖。　**35**　Clear to=《米》all the way to.　**39**　[f]音の頭韻。　**43**　considerations 配慮、考慮、察し。人生の多様な悩みを一言に要約。　**44**　pathless wood ダンテ『神曲』の冒頭を思わせる。　**45**　burns （顔が）ほてる、（焼

ちょうどカップを縁(ふち)まで、そして縁の上まで
満たすときのように、そろそろと慎重に。
それからさっと足から先に身を躍らせて、
空(くう)を蹴りながら、地上に舞い降りた。
私自身もまた、かつては樺の木を揺さぶる子供だった。
そして、またそうなりたいものだと夢見ている。
それはとりわけ、あれこれ思い悩むのに疲れ果てて、
人生が道もない森そっくりに見え、
うっかり破った蜘蛛の巣(く)で、顔がひりひり
ちくちくし、片方の目が開(あ)いたまま
小枝にはじかれて、涙がぼろぼろこぼれるようなときだ。
私はほんの束(つか)の間、地上におさらばしたあと、
また舞い戻って、一からやり直したいのだ。だが
運命がわざと話を取り違えて、半分だけ願いを叶え、
私を天国に攫(さら)って行って、そのまま帰さないというのは、
願い下げだ。地上こそは愛にふさわしいところで、
これ以上ぴったりの場所は、他になさそうだ。
私は樺の木に登って、行ってみたいのだ――
黒っぽい枝から枝へ、雪のように白い幹をよじ登り、
天国に向かって。すると、木が重荷に耐えかねて、
ひょいと頭を下げ、もとの地上に下ろしてくれるのだ。

けたように)ひりひりする。 **47 From** 《原因》〜のせいで。 **a twig's** 動名詞 having lashed の意味上の主語。 **49 over** 《米》もう一度。 **50-52 May no...to return** いくら人生がつらいとはいえ、私はつくづくこの世に愛想をつかして、永遠におさらばしたいというわけではない。片道旅行はごめんだという。 **50 May** 《文》願わくは〜であることを、〜させたまえ。この意味では may が文頭にくる

That would be good both going and coming back.
One could do worse than be a swinger of birches.

ことが多い。 **52 right** ふさわしい、適切な(*for*)。 **love** 天上ではなく人間同士の愛、自然への愛。 **54 I'd like...birch tree** (直訳は)「樺の木を登ることで(上の方に)行きたい」。ここは「逝きたい」ではない。I'd like to go in sleep「眠る間に逝きたい」などとは言うが、樺の木を登って逝きたいとは意味をなさない。だが次行の *Toward* heaven で疑問が解消する。語り手は「天国へ行く」のでなく、

[15] 樺の木　　111

そうして登って行くのも降りてくるのもいい気分だろう。
樺の木を揺さぶる遊びも、そう捨てたものじゃない。

───────
木に登って暫く地上を離れ、「天に向かって行きたい」のだ。ユーモラスな肩すかし。　**57** dipped　（頭などを）ちょっと下げた。　**58** That would...coming back　That は仮主語(it のような)。

[16]　The Cow in Apple Time

Something inspires the only cow of late
To make no more of a wall than an open gate,
And think no more of wall-builders than fools.
Her face is flecked with pomace and she drools
A cider syrup. Having tasted fruit, 5
She scorns a pasture withering to the root.
She runs from tree to tree where lie and sweeten
The windfalls spiked with stubble and worm-eaten.
She leaves them bitten when she has to fly.
She bellows on a knoll against the sky. 10
Her udder shrivels and the milk goes dry.

---

[16]　**1 inspires**　(人を)〜せよとそそのかす(to)。**of late** =recently。　**2 make no...open gate**　make no more of A than B 「AをBとしか思わない」。語り口がとぼけている。**wall**　(農場を仕切る)石垣。　**3 wall-builders**　石垣を築く飼い主。　**4 pomace** (汁をしぼった後の)果実のかす。**drools**　(よだれなど)を口から垂らす。　**5 cider**　りんごのしぼり汁。　**6 scorns**　〜を軽蔑する。

[16] りんごの季節の牝牛

うちでただ一匹の牝牛が近ごろ何にそそのかされたのか、
石垣をまるで開けっ放しの門のように心得て、
垣をめぐらすぼくらを小馬鹿にしている。
顔にはりんごの滓がこびりつき、よだれと一緒にりんごの
汁をたらしている。果物の味を占めてからというもの、
根っこまでしおれかけた牧草など、見向きもしない。
木から木へ走り回っては、風で落ちた実が、刈り株に
刺されたり虫に食われたりして甘くなっているのを漁る。
追われると、嚙みかけの実を放り出して逃げていく。
丘のてっぺんで空にむかってモーと吠えたてる。
乳房はしぼんで、乳が涸れていく。

---

withering to the root 根っ子までしなびかけた。 8 windfalls 風で落ちた(果)物。 spiked ～で(大釘のように)突き刺された (*with*)。 9 fly 《話》逃げる。飼い主が近づくと、食いさしで逃げるのだ。 10 knoll [nóul](頂上が丸い)小山。 against ～をバックに。 11 goes dry 干からびる。

[17] 'Out, Out—'

The buzz saw snarled and rattled in the yard
And made dust and dropped stove-length sticks of
                                                    wood,
Sweet-scented stuff when the breeze drew across it.
And from there those that lifted eyes could count
Five mountain ranges one behind the other   5
Under the sunset far into Vermont.
And the saw snarled and rattled, snarled and rattled,
As it ran light, or had to bear a load.
And nothing happened: day was all but done.
Call it a day, I wish they might have said   10
To please the boy by giving him the half hour
That a boy counts so much when saved from work.
His sister stood beside them in her apron
To tell them 'Supper'. At the word, the saw,
As if to prove saws knew what supper meant,   15
Leaped out at the boy's hand, or seemed to leap—

---

[17] 1 **buzz saw** 強力な丸鋸(circular saw)。**snarled** (怒った犬・狼・熊などのように)歯をむき出してうなった。**rattled** がらがら(がたがた)音を立てた(擬音語)。2音節。 2 **stove-length sticks** フロストらしい切り詰めた表現。[st]音の頭韻。 3 **Sweet-scented stuff** [s]音の頭韻 **drew** (風が)通った。it=stuff. **5-6 Five mountain...into Vermont** 悠然たる弱強5歩格とのびやかな二

[17] 「消えろ、消えろ……」

中庭で丸鋸が唸ってはバリバリと音をたて、
埃をあげながらストーブにもってこいの木片を
　　　　　　　　　　　　まき散らしていた。
風が吹き抜けると、甘い匂いがただよった。
そこから眼を上げると、
五つの山並みが次々と重なり合って、陽を浴びながら、
遠くヴァーモントまで続いているのが見えた。
そして丸鋸は身軽になったり重みに耐えたりするたびに、
唸ってはバリバリ、唸ってはバリバリを繰り返していた。
何事もなく、もうその日も終わろうとしていた。
では今日はここまで、そう言ってくれていたら、
少年はその年頃の少年らしく、仕事から解放された
儲けものの半時間を、どんなにか喜んだことだろう。
エプロンをつけた姉がみんなのそばにいて、
「晩ご飯よ」と言った。そのひと言で、丸鋸は、
鋸にも晩ご飯の意味がわかるとでも言わんばかりに、
少年の手に飛びかかった。それともそう見えた――

重母音。　**7-8　the saw...a load**　鋸の歯応えの変化と、それにつれて変わる音の比喩的(触覚的・聴覚的)描写。　**9　day was all but done**=the day was nearly over.　**10　Call it a day**=Let's call it a day「《話》今日はもう切り上げよう」。　**I wish they might have said**　I wish they had said と言わず、〈ひょっとして〉の意をこめる。以下、語り手が叙述の随所に個人的な感想を挿しはさむ。　**12　counts so**

He must have given the hand. However it was,
Neither refused the meeting. But the hand!
The boy's first outcry was a rueful laugh,
As he swung toward them holding up the hand   20
Half in appeal, but half as if to keep
The life from spilling. Then the boy saw all—
Since he was old enough to know, big boy
Doing a man's work, though a child at heart—
He saw all spoiled. 'Don't let him cut my hand off—   25
The doctor, when he comes. Don't let him, sister!'
So. But the hand was gone already.
The doctor put him in the dark of ether.
He lay and puffed his lips out with his breath.
And then—the watcher at his pulse took fright.   30
No one believed. They listened at his heart.
Little—less—nothing!—and that ended it.
No more to build on there. And they, since they
Were not the one dead, turned to their affairs.

---

much あんなに有難がる。 **14-16 At the word...boy's hand** 〈「夕食」の意味くらいわかると言いたげな〉鋸のユーモラスな擬人化と、その残忍な振る舞いとの対照。以下数行では不規則なリズムが緊迫した状況を伝える。 **18 Neither refused the meeting** 覚めた言い方は、無念さを含む。 **19-20 The boy's...the hand** 少年の錯覚。語り手は胸を痛めつつ、人生の皮肉から目をそらさない。 **25-26**

[17]「消えろ、消えろ……」 117

彼の方から手を突き出したに違いない。いずれにせよ、
どちらも出会いを拒まなかった。だがその手は……！
くるりとみんなの方を振り向いて、その手を上げながら、
少年が最初にあげた叫びは、悲しげな笑い声だった——
半ば訴えるように、だが半ばはまるで命がこぼれ出すのを
防ぐように。そのとき、少年はすべてを悟った——
根はまだ子どもだが、もう大人の仕事をする
りっぱな若者で、わかっていい年齢(とし)なのだ——すべてが
台無しになったのを、少年は悟った。「手を切らないで——
そう頼んで。先生がきたら、そう頼んで、姉さん！」。
そう。だが手はもう駄目だった。
医者は少年をエーテルの闇に包み込んだ。
彼は横になって、息をしながら唇をぱくぱくさせていた。
それから——脈(みゃく)をとっている者が真(ま)っ青(さお)になった。
誰もが目を疑った。心臓に耳を当ててみた。
細く——微(かす)かに——もう聞こえない！——総(すべ)ては終わった。
その上にはもう何も積み上げられない。そして皆(みんな)は自分が
死んだ訳(わけ)ではないので、また銘々(めいめい)の用事に戻っていった。

Don't let...him, sister!　弱強５歩格の枠内で、少年の言葉は乱れに乱れる。　**27** So　そういうわけだ。語り手は一息ついて、ため息交じりに事態を確認している。　gone　《主に米》助かる見込みがない。　**32** Little—less...ended it　弱強５歩格のリズム。　**33** No more...on there　ゼロの上には、もう積み上げるものが何もない。

[18] The Witch of Coös

I stayed the night for shelter at a farm
Behind the mountain, with a mother and son,
Two old-believers. They did all the talking.

MOTHER. Folks think a witch who has familiar spirits
She could call up to pass a winter evening, 5
But won't, should be burned at the stake or something.
Summoning spirits isn't 'Button, button,
Who's got the button,' I would have them know.

SON. Mother can make a common table rear
And kick with two legs like an army mule. 10

MOTHER. And when I've done it, what good have I done?
Rather than tip a table for you, let me
Tell you what Ralle the Sioux Control once told me.

---

[18] 題名 Coös [kóuós]東海岸ニュー・ハンプシャー州最北の郡。山岳・森林地帯。 3 old-believers Old Believers はロシア17世紀の正教会分離派の信徒。ここは大文字がなくハイフン付きの普通名詞。具体的には、キリスト教から異端視される、それ以前の信仰(悪魔崇拝を含む)の持ち主。 6 be burned at the stake 火あぶりの刑に処せられる。 or something 〜か何か。 7-8 Button, button, Who's

[18] コーアスの魔女

私はその晩、山の向こうの農家に
宿を借りた。母親と息子の二人きり、
「古い信仰」の持ち主だった。以下はすべて二人の話。

母　なじみの霊がたくさんいて、冬の夜長に
いつでも呼び出せるのに、そうはしない魔女なんかでも、
火あぶりの刑か何かにしてしまえという連中がいる。
霊を呼び出すのは「ボタンよボタン、誰の手に」なんかとは
わけが違うことを、分かってもらいたいよ。

息子　母さんの手にかかると、そこいらのテーブルが
前足で立って、「陸軍驟馬」みたいに後足を蹴り上げるんだ。

母　そんなことをしていったい何の役に
　　　　　　　　　立つのかね。
テーブルをひっくり返して見せるよりも、スー族出の
支配霊ラッレが、あたしに何て言ったかを話してあげよう。

---

got the button　子供の遊び。輪になった1人1人に鬼がそっとボタンを渡すふりをして、誰にボタンが渡ったかを当てっこする。ここでは霊の呼び出しは、そう思われているような簡単な遊びなどではないという。　8　have　(人に)〜させる。　9　rear　後足で立つ。息子の思い違い。　10　army mule　陸軍のマスコットのラバ。後足で蹴り上げる姿で知られる。　11　good　役立つこと。　12　tip　傾ける。

He said the dead had souls, but when I asked him
How could that be—I thought the dead were souls,   15
He broke my trance. Don't that make you suspicious
That there's something the dead are keeping back?
Yes, there's something the dead are keeping back.

SON. You wouldn't want to tell him what we have
Up attic, mother?   20

MOTHER. Bones—a skeleton.

SON. But the headboard of mother's bed is pushed
Against the attic door: the door is nailed.
It's harmless. Mother hears it in the night
Halting perplexed behind the barrier   25
Of door and headboard. Where it wants to get
Is back into the cellar where it came from.

MOTHER. We'll never let them, will we, son! We'll
                                                  never!

---

13 Ralle [rǽlə]. Ralf の愛称。**Sioux Control** スー[súː]族出身の支配霊(降神術で霊媒を助ける)。底本の注(p. 975)に「スー族管理官」とあって、意味不明。**16 my trance** 私が陥ったトランス(失神)状態(霊媒か神・死者からの交信を伝えられる時に陥る)。**suspicious** 〜ではないかと疑いを抱く。**17 keeping back** (秘密などを)隠している。ここでは、死者たちが生者たちに何かの秘密を

死人には魂があるってのさ。でも私がそんなはずはない ——
死人そのものが魂じゃないのかと訊ねたら、
すぐあたしの催眠状態(トランス)を切っちゃった。変だと思わないかい、
死人は何か隠し事をしているんじゃないか。
そう、死人はきっと何か隠し事をしているんだよ。

息子　屋根裏に何がいるか話したらどうだい、
母さん。

母　骨さ ——骸骨さ。

息子　でも屋根裏へのドアには母さんのベッドの頭板(あたまいた)で
つっかえがしてある。ドアは釘付けだし。悪さなんか
できっこない。でも母さんは夜中に聞こえるそうだ ——
そいつがドアと頭板に道をふさがれて、
弱って立ち往生しているのが。やっこさんは
もと来た地下室に戻りたいんだ。

母　そうはさせるもんか、そうだろうお前。何と
　　　　　　　　　　　　　　　　　　　しても。

隠しているのではないかという。　19-20　You wouldn't...attic, mother?　これまで何度も来客にこの話をしてきたらしい。　20　上の屋根裏部屋に。　24　It=skeleton.　28　let them=let the bones get back into the cellar.

SON. It left the cellar forty years ago
And carried itself like a pile of dishes
Up one flight from the cellar to the kitchen,
Another from the kitchen to the bedroom,
Another from the bedroom to the attic,
Right past both father and mother, and neither
          stopped it.
Father had gone upstairs; mother was downstairs.
I was a baby: I don't know where I was.

MOTHER. The only fault my husband found with
             me—
I went to sleep before I went to bed,
Especially in winter when the bed
Might just as well be ice and the clothes snow.
The night the bones came up the cellar-stairs
Toffile had gone to bed alone and left me,
But left an open door to cool the room off
So as to sort of turn me out of it.
I was just coming to myself enough
To wonder where the cold was coming from,

---

30 like a pile of dishes 以下、骸骨の比喩的描写が巧みでユーモラス。 **37 The only...with me** cf. find fault「〜を非難する (*with*)」。 **40 Might just as well be** 〜だとしてもおかしくなかった。 **the clothes snow**=the clothes might just as well be snow. **42 Toffile had...left me** 2人は以前からそんな冷めた仲で、妻の浮気の原因はそこにあったようだ。 **Toffile** [tɔ́fil]夫の名のアメリカ流

息子　やつは四十年前に地下室から出て、
皿を何枚も重ねたような格好で
地下室から台所まで階段をのぼり、
今度は台所から寝室まで階段をのぼり、
それから寝室から屋根裏まで階段をのぼって、
父さんや母さんのすぐ脇を通り過ぎたけど、どちらも
　　　　　　　　　　　　　　　　　　　止めなかった。
父は二階に上がったあとで、母はまだ階下(した)にいた。
ぼくは赤ん坊だったから、どこにいたかわからない。

母　父さんがあたしのことで、たった一つ気に入ら
　　　　　　　　　　　　　　　　　　　なかったのは、
寝室へ上がる前にうたたねをすることだった──
なにしろ冬の晩なんか、ベッドはまるで氷、
寝間着は雪と変わりはないんだから。
骨が地下室の階段を上がってきた晩、
トーフィルはあたしを置いてもう寝室に上がっていたけど、
廊下のドアは開けっぱなしで冷たい空気を入れていた──
あたしを早めに追い出そうというわけさ。
あたしはちょうど目が覚めかかって、いったい
この寒い風はどこからくるのかと思っていた。すると

発音。最終行から想像されるように、彼はフランス系の移民。　43 cool the room off　部屋を冷やす。妻がいつまでも階下で居眠りせず、さっさと上がってくるよう促すため。　44　So as to=In order to. sort of　《話》いわば。　turn me out of it　私を寒さで部屋から追い出す。　45　coming to myself　目覚めかけていた。

When I heard Toffile upstairs in the bedroom
And thought I heard him downstairs in the cellar.
The board we had laid down to walk dry-shod on
When there was water in the cellar in spring   50
Struck the hard cellar bottom. And then someone
Began the stairs, two footsteps for each step,
The way a man with one leg and a crutch,
Or a little child, comes up. It wasn't Toffile:
It wasn't anyone who could be there.   55
The bulkhead double-doors were double-locked
And swollen tight and buried under snow.
The cellar windows were banked up with sawdust
And swollen tight and buried under snow.
It was the bones. I knew them—and good reason.   60
My first impulse was to get to the knob
And hold the door. But the bones didn't try
The door; they halted helpless on the landing,
Waiting for things to happen in their favor.
The faintest restless rustling ran all through them.   65
I never could have done the thing I did
If the wish hadn't been too strong in me

47-48 When I...the cellar　夫が同時に２つの場所にいると錯覚していた。　49 walk dry-shod　靴を濡らさずに歩く。　53 The way=In the way in which=As.　56 bulkhead　《米》(戸外の地上に出る地下室の階段の)跳ね上げ戸。[d]と[l]音の頭韻。　58 banked up　～が積み上げられた、たまった(with)。　60 and good reason=and with good reason「それにはちゃんとわけがあって」。

[18] コーアスの魔女　　125

階上の寝室でトーフィルのいる物音がして、
階下の地下室でトーフィルの物音が聞こえる気がした。
春には地下室に水がたまるので、足を濡らさないで
歩けるように、細長い板を敷いてあった。それが地下室の
硬い床石に当たって、がたっと鳴ったのさ。それから
誰かが階段をのぼり始めた——一段に二歩ずつ、
ちょうど片足で松葉杖をついた人か、それとも
小さな子供が上がってくるように。トーフィルじゃない。
どう考えてもそこに誰かがいるわけがない。
外に出る両開きの跳ね上げ戸には二重の錠が掛ってるし、
ぱんぱんに膨れ上がって、雪に埋もれている。
地下室の窓はおがくずに覆われて、
ぱんぱんに膨れ上がって、雪に埋もれている。
骨さ。それに決まっている——ちゃんとわけがあるんだ。
あたしは咄嗟にノブに飛びついて、
ドアを押さえようとした。でも骨はドアには手を
かけなかった。ただ階段の上に立って途方に暮れて、
何か自分に都合のいいことが起こるのを待っていた。
かさかさと落ち着かないかすかな音が全身に走っていた。
骨がいったいどんなからくりで歩いているのか、
一目見たいと気が急かなかったら、

―――――――――

63 helpless　途方に暮れて、お手上げで。　landing　地下室から1階へのぼる階段の踊り場。　64 in their favor　自分の都合のいい方向に。　65 The faintest...through them　骸骨はたえず妙な物音を立てている。絶妙な描写。　ran　つらぬいた。

To see how they were mounted for this walk.
I had a vision of them put together
Not like a man, but like a chandelier.   70
So suddenly I flung the door wide on him.
A moment he stood balancing with emotion,
And all but lost himself. (A tongue of fire
Flashed out and licked along his upper teeth.
Smoke rolled inside the sockets of his eyes.)   75
Then he came at me with one hand outstretched,
The way he did in life once; but this time
I struck the hand off brittle on the floor,
And fell back from him on the floor myself.
The finger-pieces slid in all directions.   80
(Where did I see one of those pieces lately?
Hand me my button-box—it must be there.)
I sat up on the floor and shouted, 'Toffile,
It's coming up to you.' It had its choice
Of the door to the cellar or the hall.   85
It took the hall door for the novelty,
And set off briskly for so slow a thing,
Still going every which way in the joints, though,

---

69 vision 思い描いた姿。 70 Not like...a chandelier 奇想天外な骸骨の姿を想像している。 71 on him 《不利益》(人)に対して。 72 with emotion 動揺して。 73 all but = almost. lost himself 途方に暮れた。 tongue of fire 炎の舌。 74 licked along ～沿いにめらめらと走った。 75 rolled 立ち込めた。 76 came ～に飛びかかった(*at*)。 77 The way...life once むかし夫婦が間男を

まさかあんなことは出来なかっただろう。
あたしは骨が一塊になっている姿を想像していた ──
人間というよりも、まるでシャンデリアみたいに。
だからいきなり彼の前でドアを開け放してやった。
そのとたん彼は肝を潰して何とかゆらゆら立ってたけど、
あやうく体勢を崩すところだった。(舌が火のように
ひらめいて、上歯をチロチロと舐めた。
眼の穴から煙が這い出していた。)
それから彼は近づいてきて、こっちへ片手を伸ばした ──
生きているときに一度そうしたように。でも今度は
その手をひっぱたいたから、手はばらばらと床に散り、
あたし自身が仰向けに床にひっくり返った。
指のかけらが四方八方に滑って行った。
(どこだっけ、近頃かけらを一つ見かけたのは。
ボタン箱を取っておくれ ── きっとその中だよ。)
あたしは床に起き直って、叫んだ。「トーフィル、
あいつがそっちに向かっているわ」。通れるのは
地下室のドアか廊下のドアか、二つに一つ。
あいつは今度は目先を変えて、廊下のほうに向かい、
のろまの割にはきびきびと歩き始めた。
でも関節ごとにぎくしゃくてんでんばらばらに動くので、

殺そうとしたとき、男は片手を伸ばしてつかみかかってきたのだ。リアルな回想。 in life　生前に。　78　I struck...the floor　骸骨が崩れるショッキングなイメージ。　brittle　もろい状態で。　84　It had its choice　どちらかを選べた。　86　for the novelty　目先を変えて。　87　set off　出発した。　so slow a thing=such a slow thing. 88　going every which way　《米話》あちこちでたらめに、四方八方

So that it looked like lightning or a scribble,
From the slap I had just now given its hand. 90
I listened till it almost climbed the stairs
From the hall to the only finished bedroom,
Before I got up to do anything;
Then ran and shouted, 'Shut the bedroom door,
Toffile, for my sake!' 'Company?' he said, 95
'Don't make me get up; I'm too warm in bed.'
So lying forward weakly on the handrail
I pushed myself upstairs, and in the light
(The kitchen had been dark) I had to own
I could see nothing. 'Toffile, I don't see it. 100
It's with us in the room though. It's the bones.'
'What bones?' 'The cellar bones—out of the grave.'
That made him throw his bare legs out of bed
And sit up by me and take hold of me.
I wanted to put out the light and see 105
If I could see it, or else mow the room,
With our arms at the level of our knees,
And bring the chalk-pile down. 'I'll tell you what—
It's looking for another door to try.

に。 in the joints あらゆる関節部分で。 though 《話》しかし(文中か文末に置かれる)。 **89 scribble** 落書き。哀れでユーモラスな骸骨の姿。 **90 From** 《原因》〜のせいで。 **92 the only finished bedroom** 家でこの寝室だけが仕上げられていたらしい。 **95 Company** 来客。 **99 own** 認める。 **100 I could see nothing** だから骸骨がいたのか、妻の妄想に過ぎなかったのか、詩の最後ま

[18] コーアスの魔女

まるで稲妻か、落書きみたいだった——
きっとあたしが手に一発くらわしたはずみだよ。
あいつが廊下から階段をのぼって、家じゅうでただ一つ
きれいに仕上がった寝室へもう少しで行きつく頃になって
やっと、あたしは何とかしようと立ち上がった。
それから駆け出して叫んだ、「寝室のドアを閉めて、
トーフィル、お願い!」「お客さんかい」彼は言った。
「起こさないでくれ。やっとベッドが温まったんだ」。
そこであたしはふらふら階段の手すりにもたれかかって、
やっとこさ段を上がっていった。明るい所に出てみると
(台所は暗かったから)、実のところ、
何も見えなかった。「トーフィル、あいつが見えないの。
でも、たしかにこの部屋の中にいるわ。骨よ」。
「何の骨だ」。「地下室の骨よ——墓から出てきた」。
それを聞くと、父さんはベッドから裸の足を下ろして
あたしの横に座り、しっかり抱きかかえてくれた。
あたしは灯りを消せばあいつが見えるか
試してみようか、それとも二人で腕を振り回し、
膝くらいの高さで部屋をなぎ払って、
チョークの山を崩そうと思っていた。「きっとそう——
また別のドアを見つけて出ようとしているのよ。

で分からない。 104 take hold of 〜をつかまえる。 106 mow (牧草などを)刈る→なぎ払う。 108 I'll tell you what あのね、きっとこうだ。

The uncommonly deep snow has made him think 110
Of his old song, *The Wild Colonial Boy*,
He always used to sing along the tote road.
He's after an open door to get outdoors.
Let's trap him with an open door up attic.'
Toffile agreed to that, and sure enough, 115
Almost the moment he was given an opening,
The steps began to climb the attic stairs.
I heard them. Toffile didn't seem to hear them.
'Quick!' I slammed to the door and held the knob.
'Toffile, get nails.' I made him nail the door shut 120
And push the headboard of the bed against it.
Then we asked was there anything
Up attic that we'd ever want again.
The attic was less to us than the cellar.
If the bones liked the attic, let them have it. 125
Let them stay in the attic. When they sometimes
Come down the stairs at night and stand perplexed
Behind the door and headboard of the bed,
Brushing their chalky skull with chalky fingers,
With sounds like the dry rattling of a shutter, 130

---

111 his old song むかし彼が歌っていた歌。 ***The Wild Colonial Boy*** 『植民地の暴れ者』。アイルランド系オーストラリア人に愛唱された民謡。オーストラリアに渡って強盗を働いた若い義賊を歌う。リアルな細部。 **112** tote road 《米話》(開拓地などへの輸送用の)無舗装路。骸骨はもと流れ者の労働者だったのだろう。 **113** after 〜を求めて。 **114** trap (人を)罠にかける。 **115** sure enough

今年は珍しいほど雪が積もったから、
昔好きだった『植民地の暴れ者(ワイルド・コロニアル・ボーイ)』を思い出したんだわ。
いつも林道の行き帰りに歌っていたっけ。
あいつは開(あ)いたドアを探して、家の外に出たいのよ。
屋根裏へのドアを開けて引っ掛けてやろうじゃないの」。
トーフィルはそれに賛成した。案の定、
道が開(ひら)けたのとほぼ同時に、
足音が屋根裏への階段をのぼり始めた。ちゃんと
聞こえたよ。トーフィルには聞こえなかったようだ。
「早く！」ドアをばたんと閉めてノブを握ったよ。
「トーフィル、釘を」。父さんに頼んでドアを釘付けし、
ベッドの頭板を押しつけて、つっかえにしてもらった。
それから二人で話し合った——いま屋根裏にあるもので、
あとあと入用(いりよう)になりそうなものはあるだろうかと。
屋根裏は地下室よりもっと用なしだった。
骨が屋根裏を気に入ったのなら、好きにするがいい。
ずっとそこに住めばいい。夜中に時たま
階段を下りてきて、ドアとベッドの頭板(あたまいた)の
向こうで途方に暮れて立ちすくみ、
チョークの指でチョークの頭蓋骨を掻きながら、
カタカタと鎧戸(よろいど)のような乾いた音を立てたとしても、

思った通り。　116　opening　通路、開いたところ。　119　to　《副詞》閉まった状態に。　122-123　was there...want again　疑問文なのに語順を変えず言われたままを再現した、文法破りの会話文。　124　The attic...the cellar　（直訳は）屋根裏部屋はわれわれにとって、地下室に劣っていた。地下室ほどの値打ちはなかった。　125　If the...have it　骨がほしがるのなら、屋根裏をくれてやろう。口調を伝え

That's what I sit up in the dark to say—
To no one any more since Toffile died.
Let them stay in the attic since they went there.
I promised Toffile to be cruel to them
For helping them be cruel once to him.   135

SON. We think they had a grave down in the cellar.

MOTHER. We know they had a grave down in the
                                                                        cellar.

SON. We never could find out whose bones they were.

MOTHER. Yes, we could too, son. Tell the truth for
                                                                        once.
They were a man's his father killed for me.   140
I mean a man he killed instead of me.
The least I could do was to help dig their grave.
We were about it one night in the cellar.
Son knows the story: but 'twas not for him
To tell the truth, suppose the time had come.   145

る描出話法。　**129　chalky skull**　チョークっぽい(かさかさの)頭蓋骨。　**130　dry rattling of a shutter**　鎧戸がからからと立てる乾いた音。　**134-135　I promised...to him**　浮気で夫を苦しめたから、今度はお詫びに骸骨を苦しめようと約束したのだ。　**136-137　We think...the cellar**　think「思う」と know「知っている」との対照。　**138-139　We never...too, son**　We never could と we could との対

あたしが暗闇で起き上がってそう言うだけのこと ——
トーフィルが死んだからもう他には言う相手もいない。
自分で屋根裏に行ったんだから、骨はそこにいればいい。
骨を辛い目に遭わせるとトーフィルに約束したんだ —— 昔
あいつが父さんを辛い目に遭わせるのを手伝った償(つぐな)いに。

息子　下の地下室にはどうやら骨の墓があったみたいだ。

母　みたいじゃない。下の地下室には、たしかに骨の墓が
　　　　　　　　　　　　　　　　　　　　あったのさ。

息子　誰の骨なのか、結局わからずじまいだったけど。

母　いや、それもわかってるよお前。今度ばかりは本当の
　　　　　　　　　　　　　　　　　　　ことを言おうよ。
あれは父さんがあたしのために殺した男の骨だ。
いや、父さんがあたしに代えて殺した男の骨だ。
あたしにできたのは墓を掘る手伝いだけだった。
ある晩、地下室でやってのけたのさ。
息子はその話を知っているけど、真実を打ち明けるのは
息子の役目じゃない。たぶんその時が来たのさ。

照。息子にも真相を話していなかったのだ。　**139**　Tell the truth for once　1度だけ本当のことを話そうよ。直前のLet's を省略。家の秘密を隠してくれている息子に言う。　**140**　They=The bones.　a man's=a man's bones.　**141**　I mean　前行の killed for me「私のために殺した」と killed instead of me「私の代わりに殺した」との対照。本来なら浮気した私の方が夫に殺されているところだ。　**142**

Son looks surprised to see me end a lie
We'd kept all these years between ourselves
So as to have it ready for outsiders.
But tonight I don't care enough to lie—
I don't remember why I ever cared.　　　　　　　　150
Toffile, if he were here, I don't believe
Could tell you why he ever cared himself....

She hadn't found the finger-bone she wanted
Among the buttons poured out in her lap.
I verified the name next morning: Toffile.　　　　　155
The rural letter box said Toffile Lajway.

The least I could do　せいぜい私にできたこと。　143　about it　～にかかわって。　144　'twas (=it was) not for him to　～するのは彼のつとめではなかった。　145　suppose=I suppose.　149　don't care enough to lie　嘘をつくほどには気にならない。　153　She hadn't...she wanted　骨が見つからないので、この奇想天外な話には証拠がない。　156　The rural...Toffile Lajway　郵便箱には確かに「トー

[18] コーアスの魔女　　135

これまで何年も二人で口裏を合わせ、
よそ様(さま)向けにつきとおしてきた嘘を、あたしがいま
おしまいにするのを見て、息子はびっくりしている。
でも今夜は、嘘をつこうって気にもならないよ——
そもそもなぜ嘘をつく気になったのかもう思い出せない。
トーフィルだって、もしここにいたら、なぜそんな気に
なったのかわからないって言うだろう……。

母親が膝の上にボタンをぶちまけてみたが、
探していた指の骨は見つからなかった。
あくる朝、名前を確かめてみた——トーフィルだ。
田舎風の郵便箱に、トーフィル・ラジウェイとあった。

フィル・ラジウェイ」と記してあった。この風変わりな名前は、フランス名 Théophile Lajoie「テオフィル・ラジョワ」が英語で訛ったものらしい。これだけでは何の証拠にもならないのは言うまでもない。語り手はここで話を打ち切って、あとはすべて読者の想像に任せている。「母」は正気なのか、それとも罪の意識による長年の苦しみのために、幻を見聞きするようになったのだろうか。

[19] Fire and Ice

Some say the world will end in fire,
Some say in ice.
From what I've tasted of desire
I hold with those who favor fire.
But if it had to perish twice,   5
I think I know enough of hate
To say that for destruction ice
Is also great
And would suffice.

---

[19]　**1 fire** 欲、欲情、「欲望」(第3行)に譬えられる。　**2 Some say in ice**=Some say the world will end in ice.　**ice** 悪意、敵意、憎悪に譬えられる。世界がいずれ破滅的な終わりを迎えるものと、当然のように仮定されているところが、第1次世界大戦直後の詩らしい。　**3 From**《根拠》～から見て、から判断すると。　**4 hold**《文語》(～に)賛成・同意する(*with*)。　**favor** ～の方を好む、の肩を

[19] 火と氷

世界は火で終わるという人がいる。
氷だという人もいる。
欲望を味わった経験からすると、
私は火を唱えるほうに加担したい。
だがもし世界が二度滅びるのならば、
私は憎しみも知り抜いているので、
破滅にかけては氷も
あなどれない、
十分にやれると言いたい。

もつ。 5 But if...perish twice もし世界が2度滅びる運命だとすれば。 8-9 Is also...would suffice 氷による破滅を語る最後の2行だけが、短い弱強2歩格。 8 great 巧みな、とびきり優れた。 9 would suffice それだけで(他の助けなしでも)十分に事足りることだろう。

[20] Dust of Snow

The way a crow
Shook down on me
The dust of snow
From a hemlock tree

Has given my heart 5
A change of mood
And saved some part
Of a day I had rued.

---

[20] 1 **The way**=The way in which「(...が〜した)そのやり方」。これが文の主語。 2 **shook down on me** わざとそうしたとも、単なる偶然だとも受け取れる。 6 **change of mood** 気分転換。 8 **had rued** 〜をつくづく後悔していた、なければよかったと思っていた。

[20] 雪の粉

一羽のからすが
栂(つが)の木から
揺り落とした
雪の粉が

私の気持ちを
切り替えて
くさくさした一日を
ちょっぴり救ってくれた。

[21]　Nothing Gold Can Stay

Nature's first green is gold,
Her hardest hue to hold.
Her early leaf's a flower;
But only so an hour.
Then leaf subsides to leaf.　　　　　　　　5
So Eden sank to grief,
So dawn goes down to day.
Nothing gold can stay.

---

[21]　**題名**　Stay=Remain gold.　**1 Nature's first...is gold**　矛盾を含む言い方。「緑」と「金」の[g]音による頭韻。　**2 Her hardest ...to hold**　冒頭に It is を補う。[h]の頭韻。　**Her**　Nature を古風に女性化して、her で受けている。　**hue**　色、色合い。　**hold**　《文語》（ある状態に）保つ、維持する。　**3**　「葉」と「花」の[l]音による頭韻。　**6 sank to grief**　成句 came to grief「災難に遭った、不幸に

[21] 金色は長く持たない

「自然」の緑は最初は金色で、
持たせるのがいちばん難しい色だ。
葉っぱも初めのうちは花だが、
それも一時(いっとき)ばかりのこと。
それから葉っぱは葉っぱに落ちぶれる。
だからエデンも憂き目を見たし、
夜明けだって昼間に成り下がる。
金色は、長くは持たない。

陥った」から。エデンの黄金時代でさえも、人間の堕落によってはかなく色あせ、人類の不幸が始まった。 **7 down** ふつうなら「夜明け(の太陽)」が昇って(up)「日中」になると言うところを、ここではあえて「下がる、下る」と言う。「夜明け」と「下に」と「日中」の[d]音による頭韻。 **8 stay**=stay gold.

[22]　Stopping by Woods on a Snowy Evening

Whose woods these are I think I know.
His house is in the village though;
He will not see me stopping here
To watch his woods fill up with snow.

My little horse must think it queer	5
To stop without a farmhouse near
Between the woods and frozen lake
The darkest evening of the year.

He gives his harness bells a shake
To ask if there is some mistake.	10
The only other sound's the sweep
Of easy wind and downy flake.

The woods are lovely, dark and deep,
But I have promises to keep,

---

[22]　**1 I think I know** 誰だか心当たりはあるが、自信がない。**2 though** （文中または文尾）《副詞》しかし（=however）。口語表現。**5 queer**=strange.　**8 The darkest evening of the year** 心境か、昼の最も短い冬至(12月22日ごろ)をいうか。**9-10 gives his...a shake** 擬人法で、語り手との親密感をうかがわせる。馬のそぶりが暗い風景にほのかなユーモアと温かみを添える。**9 harness** （馬

[22] 雪の夜、森のそばに足を止めて

この森の持主が誰なのか、おおかた見当はついている。
もっとも彼の家は村のなかだから、
わたしがこんなところに足を止めて、彼の森が
雪で一杯になるのを眺めているとは気がつくまい。

小柄なわたしの馬は、近くに農家ひとつないのに、
森と凍った湖のあいだにこうして立ち止まるのを、
変だと思っているに違いない——
一年じゅうでいちばん暗いこの晩に。

何かの間違いではないか、そう訊ねようとして、
馬は、馬具(ばぐ)につけた鈴をひと振りする。
ほかに聞こえるものといえば、ゆるい風と
綿毛のような雪が、吹き抜けていく音ばかり。

森はまことに美しく、暗く深い。
だがわたしにはまだ、果たすべき約束があり、

などの)引き具(1式)。 11 sweep (風が)さっと吹き通ること。
12 easy wind 穏やかな(ゆるい)風。 downy 綿毛のようにふん
わりした。 flake (雪の)1片。ふつう複数形だが、wind and flake
という対語の並置により、冠詞なしの単数形で複数の意味を表わす。
easy のもつ「(風の)安らかさ、穏やかさ」の含意と、downy のもつ
「ふわりと暖かくくるむ」の含意とが、凍てつくような真冬の季節と

And miles to go before I sleep, 15
And miles to go before I sleep.

は裏腹に、人を慰めるようなぬくもりとくつろぎを感じさせる。それどころか、頻出する長母音(sweep, easy)と二重母音(only, sounds, downy, flake)ののびやかな響きとも相まって、できればここにじっとしていたいという気持さえ誘いそうだ。 **13** The woods...and deep 「暗く深い」森が「美しい」とは、微妙な矛盾をはらむ。 **16** And miles...I sleep 意図的に前行をそっくり繰り返すこうした反復

[22] 雪の夜、森のそばに足を止めて　　145

眠る前に、何マイルもの道のりがある。
眠る前に、何マイルもの道のりがある。

───────

は、表面上の意味の裏に深い意味がこめられていることを示す。その結果、miles to go は、今後もたどるべき人生の全行程を、promises to keep はまだまだ社会の中で果たさねばならない責任という意味、そして before I sleep は「死の安らぎを迎える前に」という意味を帯びはじめる。

[23] The Onset

Always the same, when on a fated night
At last the gathered snow lets down as white
As may be in dark woods, and with a song
It shall not make again all winter long
Of hissing on the yet uncovered ground,   5
I almost stumble looking up and round,
As one who overtaken by the end
Gives up his errand, and lets death descend
Upon him where he is, with nothing done
To evil, no important triumph won,   10
More than if life had never been begun.

Yet all the precedent is on my side:
I know that winter death has never tried
The earth but it has failed: the snow may heap
In long storms an undrifted four feet deep   15
As measured against maple, birch, and oak,

---

[23] **1 Always the same** いつだって同じことなのだが。第1連全体にかかる副詞句。**1-3 when on...dark woods** ついに来たかという悲壮感。**2 lets down**=descends, comes down　ここは自動詞。「投げ落とされる」のニュアンスを含む。**3-5 and with...uncovered ground** 挿入句的に lets down にかかる。**a song...Of hissing** 〈しゅうしゅういう音〉という歌。Of は同格関係を表わす。

[23]　襲来

いつだってそうだ、ある運命の夜、
たまりにたまった雪が、暗い森には暗いなりに
真っ白に落ちかかり、今後この冬の間じゅう
二度とは聞けない歌を —— まだ濡れていない地面に触れる
蛇のようなシューッという声をひびかせると、
私は空を見上げあたりを見回してぶっ倒れそうになる ——
まるでいきなり最期の時に見舞われて、
この世の務めを放り出し、すぐその場で死に身を任せる
人のように —— まだ「悪」には何の手向かいもせず、
何一つめざましい手柄を挙げることもなく、
人生が始まってさえいないのと同様に。

それでも私には、過去のあらゆる先例という味方がある。
私は知っている —— 死の冬が地上を襲って
失敗しなかったためしはない。たとえ長い嵐で雪が、
楓や樺やオークの丈と見比べて
ずっしり四フィートの深みに達したにせよ、

---

5 hissing　鎌首をもたげた蛇が敵意をむき出して発する音。 8 errand　用向き、使命。自分の人生に与えられた任務を暗示する。 10 To　〜に対して。(敵対的)行為の対象を表わす。 11 More than...been begun　仮に私がまだ生まれていないとして、そのときに比べて少しでも多く。 12 precedent [présədənt]先例。 on my side　私の味方だ。 13 tried　〜を試練にさらした。 14 but　〜

It cannot check the peeper's silver croak;
And I shall see the snow all go down hill
In water of a slender April rill
That flashes tail through last year's withered brake　20
And dead weeds, like a disappearing snake.
Nothing will be left white but here a birch,
And there a clump of houses with a church.

すれば、かならず〜する。否定文に続いて、必然的な結果を表わす。cf. It never rains but it pours「降れば必ずどしゃ降り」。　**may** 譲歩の意を含んで「たとえ〜でも」。　**15　an**　この不定冠詞(a, an)は(複数名詞の前で概数を表わして)約、およそ(=about)を意味する。**undrifted**　風に吹き寄せられず、どっしりと動かない。　**16　against**　〜と比較して。　**17　peeper**　《北米東部》春に樹上で甲高く

[23] 襲来　149

アマガエルが銀色のキリキリ声で鳴くのは止めようがない。
やがて私は見ることだろう——すべての雪が四月の
せせらぎの水となって丘を流れ下り、去年の
しおれたやぶや枯れ草の間をぬって
きらりと光るのを——まるで消えていく蛇のように。
あとに残る白いものはといえば、こちらでは樺、
あちらでは一群れの家と教会ばかりだ。

鳴くジュウジアマガエル。　silver　銀色の。キリキリという金属音を、こう譬えた。　croak　（からすや蛙が）があがあ鳴く声。　21 like a disappearing snake　小川の流れを蛇に譬える。不気味な蛇が消えて行く。　22 Nothing will be left white　雪は消え、白いものは樺の木や家々や教会だけ。時は巡り命は蘇り、苦しみにも終わりがくる。

[24] To Earthward

Love at the lips was touch
As sweet as I could bear;
And once that seemed too much;
I lived on air

That crossed me from sweet things,　　　　　5
The flow of—was it musk
From hidden grapevine springs
Down hill at dusk?

I had the swirl and ache
From sprays of honeysuckle　　　　　10
That when they're gathered shake
Dew on the knuckle.

I craved strong sweets, but those
Seemed strong when I was young;

---

[24] 題名 =Towards the Earth.　**1 Love at the lips**　*on* the lips でさえなく、観念的な触れ合いにすぎなかった。　**4 I lived on air** 空気を食べて生きていた→《比喩的》霞を食って生きていた。air は掛詞のように、「空気」という文字通りの意味で次行に続く。　**5 That** 先行詞は前行の air。　**crossed** （顔を）ちらりと横切った、なでた。**6 musk** 雄のジャコウジカの分泌物で、強い芳香を放つ。ここでは

[24] 大地に向かって

唇での恋は、耐えがたいほど
甘い感触だった。
昔はそれを持て余したほど。
私はかすみを食って——

甘いものから顔をなでに来る空気で、生きていた。
あれは隠れたブドウの泉から
たそがれに丘を這い下りてくる
ジャコウの匂いだったろうか。

私は眩暈(めまい)とうずきを覚えた、
スイカズラの花の小枝から。
引きちぎると、枝は
こぶしに露を振りかけた。

私は強い甘みを望んだが、
若い頃はそんなものを強いと思い込んでいた。

ジャコウ(麝香)に香りの似た植物。 6-8 The flow...at dusk? 第4-5行の air That...sweet things の同格。それが何だったか思い出そうとするが、昔は上の空だったので記憶が不確かで、The flow of— と言いかけて言いよどんでいる。 7 grapevine=《米・豪》grape. 9 swirl 渦巻き。頭がくらくらすること。 10 sprays (花・葉・果実をつけた)小枝。 11 shake 第11行の末まで読むと「《自動詞》

The petal of the rose   15
It was that stung.

Now no joy but lacks salt
That is not dashed with pain
And weariness and fault;
I crave the stain   20

Of tears, the aftermark
Of almost too much love,
The sweet of bitter bark
And burning clove.

When stiff and sore and scarred   25
I take away my hand
From leaning on it hard
In grass and sand,

The hurt is not enough:
I long for weight and strength   30
To feel the earth as rough

(摘まれて)揺れる」の意味を暗示するが、第12行まで読み進むと、掛詞のように「《他動詞》(露を)振りかける」を意味する。 **15-16 The petal...that stung** It...that の強調構文を倒置。語り手を刺し甘美な苦痛を与えたのは、棘ではなく意外にもバラの花だった。その柔らかな美しさだけで刺激は十分だった。 **17-19 Now no...and fault** (直訳は)「だが今では、痛みと疲労と過ちを振りかけていない喜びで

[24] 大地に向かって

バラの花びらだった、
私を刺したのは。

だが、今ではどんな喜びも食い足りない——
苦痛や疲れや過ちの
辛味が利いていないものは。
私は望む、涙の

しみを、度が過ぎるほどの
恋の傷跡を。
苦い樹皮の——
舌を刺すクローブの——甘さを。

砂まじりの草に片手を突いて、
思い切り倚りかかってから、
こわばり、いたみ、傷ついた
手を放すとき、私は

ただ痛いだけでは物足りない。
もっと重さと力がほしい——
身の丈全体で、地面のごつごつを

あって、刺激を欠かない(気が抜けていない)ものはない」→「今では私の喜びには、すべて痛みと疲労と過ちが振りかけてあり、びりりと辛味が利いている」。第18行の関係代名詞 that 以下は、すべて第17行の joy にかかる。否定に否定を重ねるフロスト好みの(やや難解な)構文。　**17　salt**　びりりとした刺激(辛味)。　**18　dashed**　(塩などを)振りかけられた(*with*)。　**19　fault**　過失、過ち。非行、罪。

To all my length.

20-24 I crave...burning clove 前半のキーワード crave, love, sweet, too much が繰返されて、がらりと異なる意味を帯びる。 **21 aftermark** 痕跡。フロストの造語。 **23-24 The sweet...burning clove** I crave(第20行)の目的語。[b]音の頭韻。 **23 bark** 樹皮、粗皮(あらかわ)。強い苦味がある。 **24 burning** (舌・口を)ひりひりさせる。**clove** クローブ。匂いの強い香辛料。苦いものこそ甘いという。

実感したいから。

25-28 When stiff...and sand [s]音の頭韻。 29 The hurt is not enough 地面に手を突いて痛みが残るだけでは、「強さ」が足りない。 32 To all my length 私の身長全体に対して。

[25] Two Look at Two

Love and forgetting might have carried them
A little further up the mountainside
With night so near, but not much further up.
They must have halted soon in any case
With thoughts of the path back, how rough it was   5
With rock and washout, and unsafe in darkness;
When they were halted by a tumbled wall
With barbed-wire binding. They stood facing this,
Spending what onward impulse they still had
In one last look the way they must not go,   10
On up the failing path, where, if a stone
Or earthslide moved at night, it moved itself;
No footstep moved it. 'This is all,' they sighed,
'Good-night to woods.' But not so; there was more.
A doe from round a spruce stood looking at them   15
Across the wall, as near the wall as they.

---

[25] 1 carried (用件・動機などが、人を)駆り立てた。them が誰々か、「愛と忘却」が何を意味するのか、まだわからない。 **5-6 how rough...in darkness** 直前の thoughts の内容(道がいかにでこぼこで、夜は危ないか)をいう同格の名詞節。 6 washout 土砂崩れによる道の崩壊。 9 what onward...still had 彼らがまだ幾分かは持っていた、先へ進みたいという欲求。 what 《関係代名詞》〜す

[25] 二者が二者を見る

愛と忘れっぽさのせいで、二人は山腹をもう少し
上の方まで登って行ったかもしれない —— もう夜が
迫っているのに。だがそんなに上の方までではない。
どっちみち、すぐ足を止めていたに違いない ——
帰り道が、岩や土砂崩れででこぼこして、
暗くなるとどんなに危ないかを考えて。
そのとき、二人は引き留められた —— 有刺鉄線で
結わえたまま倒れている石垣に。そこに二人は
　　　　　　　　　　　　　立っていた、
まだ残っていた前進への意欲のありったけを込めて、
もう行けない方向に —— 消え失せそうな道の奥に
最後の一瞥を投げかけて。その道たるや、もし夜の間に
石や崩れた土砂が落ちてもそれは自然に落ちたのであり、
踏まれた訳ではない。「ここまでだ」二人は嘆息した。
「森よおやすみ」。だがそうではない。まだ先があった。
エゾマツの後から出た牝鹿が二人を見て立っていた ——
石垣を隔てて、二人と同じくらい石垣の近くに。

るすべての。eg. I gave what (little) money I had with me「私はありあわせの(なけなしの)金をすべて彼にあげた」。　10　look the... not go　行ってはいけない方向に向けた視線。　must　過去形。　11　On　《副詞》さらに前方へ。　failing　だめになりかかった。　15　spruce　トウヒ(マツ科トウヒ属の常緑針葉樹の総称)。エゾマツなど。

She saw them in their field, they her
                              in hers.
The difficulty of seeing what stood still,
Like some up-ended boulder split in two,
Was in her clouded eyes: they saw no fear there.   20
She seemed to think that two thus they were safe.
Then, as if they were something that, though strange,
She could not trouble her mind with too long,
She sighed and passed unscared along the wall.
'*This*, then, is all. What more is there to ask?'   25
But no, not yet. A snort to bid them wait.
A buck from round the spruce stood looking at them
Across the wall as near the wall as they.
This was an antlered buck of lusty nostril,
Not the same doe come back into her place.   30
He viewed them quizzically with jerks of head,
As if to ask, 'Why don't you make some motion?
Or give some sign of life? Because you can't.
I doubt if you're as living as you look.'
Thus till he had them almost feeling dared   35
To stretch a proffering hand—and a spell-breaking.

---

17 She saw...in hers 崩れた石垣が牝鹿と2人を隔て、野生と文化の領域を分けている。 **field** 自分の属する領域。 **they her in hers**=they saw her in her field. **19 up-ended boulder split in two** 立てた巨岩を2つに割ったもの。 **20 clouded eyes** ぼんやりした目。 **21 thus** こんな具合だと(2人で向こう側にじっと立っている)。 **23** She cóuld | not tróu | ble her mínd | with tóo | lóng.

[25] 二者が二者を見る

彼女は二人の領分にいる二人を、二人は彼女の領分にいる
　　　　　　　　　　　　　　　　　　　彼女を見ていた。
じっと動かず立っているもの——大石を二つに断ち割って
突っ立てたようなもの——を見定めるのは難しいので、
彼女の目には戸惑いがあった。恐れの色は見えなかった。
こうして二つ並んでいるものは安心だと思ったようだ。
それから、何だか見慣れないものだが、そういつまでも
構ってはいられないとでもいうかのように、
彼女はため息をついて恐れ気もなく石垣沿いに通り過ぎた。
「きっとこれでおしまいだ。この先何が望めるだろう」。
だがまだそうではない。荒い鼻息が二人を引き留めた。
エゾマツの後ろから出た牡鹿(おじか)が二人を見て立っていた——
石垣を隔てて、二人と同じくらい石垣の近くに。
これは枝角(えだづの)をもち、鼻孔(びこう)もたくましい牡鹿で、
さっきの牝鹿がもとの場所に戻ってきたのではない。
彼はいぶかしそうに頭を振りながら、二人を見やった、
まるでこう言わんばかりに——「なぜ身動きでもして、
生きてる徴(しるし)を見せないんだ。どうせできないからだろう。
君らが見てくれほどに生きてるかどうか、怪しいものだ」。
それで、二人は彼に挑まれたかのような気がした——
やれるものなら手を伸ばしてこの金縛りを解いてみよと。

---

trouble one's mind は「～で思い悩む(with)」の意。　with　目的語
は something(第22行)。　30　come back　the same doe にかかる過
去分詞。31　quizzically　不審そうに。　jerks　急にぐいぐい動か
すこと。32　As if to ask　～と訊ねるためであるかのように。33
Because you can't　(やらないのは)どうせできもしないからだろう。
子供の喧嘩でよく使われる挑発の語。牝よりも高飛車。35　had

Then he too passed unscared along the wall.
Two had seen two, whichever side you spoke from.
'This *must* be all.' It was all. Still they stood,
A great wave from it going over them, 40
As if the earth in one unlooked-for favor
Had made them certain earth returned their love.

---

them almost feeling 〈have(使役動詞) + 人(目的語) + -ing〉は「人に〜させる」。 dared (人に)できるものなら〜せよとけしかけられた(挑まれた)(*to*)。 36 proffering hand (相手に)差し出す手。友好のしるしとして。 spell-breaking (手を伸ばすことで)金縛りを解くこと(文法的には stretch の目的語)。 38 Two had seen two 過去の語り中の過去完了形。 whichever side...spoke from (人と鹿

[25] 二者が二者を見る   161

それから彼もまた、恐れ気もなく石垣沿いに通り過ぎた。
二者と二者が顔を見合わせたのだ、どちら側から見ても。
「今度こそ最後だ」。そう。だが二人はまだ立っていた、
まるで巨大な波を総身（そうみ）に浴びたかのように。
まるで大地がただ一度、思いがけぬ好意を見せて、二人に
得心させたかのように——大地が二人の愛を愛で
　　　　　　　　　　　　　　　報いたのだと。

(詩の中では、2頭の鹿はもっと手前近くにいるようだ)

───────

の)どちら側から見ても。まったく別の世界に属する二者が、対等な立場で石垣ごしに遭遇したのだ。 **41 unlooked-for** 思いがけない、意外な。これほどにも大地(自然)を愛する2人だからこそ、まるで大地からの愛のお返しのように、奇蹟のような出会いに恵まれた——2人はそう確信したのだった。この詩は Love で始まり love で終わっている。

[26] The Need of Being Versed in Country Things

The house had gone to bring again
To the midnight sky a sunset glow.
Now the chimney was all of the house that stood,
Like a pistil after the petals go.

The barn opposed across the way,   5
That would have joined the house in flame
Had it been the will of the wind, was left
To bear forsaken the place's name.

No more it opened with all one end
For teams that came by the stony road   10
To drum on the floor with scurrying hoofs
And brush the mow with the summer load.

The birds that came to it through the air
At broken windows flew out and in,

---

[26] **題名** Versed (経験などで)〜に精通した(in)。 **1 had gone** もうなくなっていた。過去完了。 **to bring again** (結果として)再びもたらした。農場の家が焼け落ちたのを、まるで夕焼けを再現する壮麗な出来事だったかのように、美しく語る。 **4 pistil** 《植物》雌しべ。 **go** なくなる。みごとな比喩。 **7 Had it been**=If it had been. **the will of the wind** 風の意向。[w]音の頭韻。 **8**

[26] 田舎の事情に通じる必要

家はなくなった——真夜中の空に
真っ赤な夕日の輝きをよみがえらせて。
いま突っ立っているのは煙突だけ、
花びらが散ったあとのめしべのように。

道を隔てた向かい側の納屋(なや)は、
風の思わく次第で家もろともに
燃え尽きるところだったが、そこだけぽつんと
焼け残って、農場の名をとどめている。

納屋はもう二度と、片側をいっぱいに開け放して、
石ころ道から次々に入ってくる荷馬車の馬が
カツカツと蹄(ひづめ)で床を踏み鳴らすのを聞くことも、
夏の積み荷が干草(ほしくさ)すれすれに通るのを見ることもない。

空からやってきて、こわれた窓から出入(ではい)りしている
鳥たちのささやき声は、どちらかといえば、

---

forsaken 見捨てられたままで。 the place's name どの家ももっていた通称。 9 all one end (納屋の道に面した)片面1杯。 10 teams (荷車などを引く2頭以上の)馬の組。 by 《経由》〜づたいに。 11 drum (足などで、床などを)ドンドン踏み鳴らす(on)。 12 brush 〜をかすめる。 mow 《米、方言》(納屋内の)干草置き場。

Their murmur more like the sigh we sigh   15
From too much dwelling on what has been.

Yet for them the lilac renewed its leaf,
And the aged elm, though touched with fire;
And the dry pump flung up an awkward arm;
And the fence post carried a strand of wire.   20

For them there was really nothing sad.
But though they rejoiced in the nest they kept,
One had to be versed in country things
Not to believe the phoebes wept.

15-16　Their murmur...has been　擬人法で、鳥に託してわれわれ自身の懐旧の情を暗示する。　**16　From**　《原因》〜のせいで。**dwelling on**　〜をくよくよ考えること。　**18　And the aged elm**＝And the aged elm renewed its leaf, too.　**aged**　[éidʒid] 2音節。**though touched with fire**　ちょっと火をかぶったが。　**19　an awkward arm**　ぶざまな腕。　**20　fence post**　柵の柱。**strand of wire**　よ

[26] 田舎の事情に通じる必要

過ぎたことばかりをくよくよ考えて
われわれが漏らすため息に似ている。

だが鳥たちにしてみれば、ライラックはまた若い葉をつけ、
ちょっと火をかぶった楡(にれ)の老木にも、葉が茂っている。
ひからびたポンプは武骨な腕を振り上げているし、
柵(さく)の支柱にはより合わせた針金が引っ掛かっている。

鳥たちにしてみれば、実は悲しいことなど何ひとつない。
とはいえ、たとえ嬉しげに巣を営んでいるにせよ、
フィービーたちが泣いてなんかいないと信じるためには、
田舎の事情に通じている必要がある。

り合わせた針金。鳥たちにはただの止まり木でしかない。 21 really 実は(逆接)。 22 rejoiced ～を喜んだ(*in*)。 23-24 One had...phoebes wept 田舎の事情に精通してさえいれば、鳥たちが過去を偲んで泣いているなど感傷的な感想を抱かないですむ。そんなこととはざらにある。 24 phoebes [fíːbi]北米産タイランチョウ科ツキヒメハエトリ属の小鳥の総称。

[27]　Spring Pools

These pools that, though in forests, still reflect
The total sky almost without defect,
And like the flowers beside them, chill and shiver,
Will like the flowers beside them soon be gone,
And yet not out by any brook or river,　　　　　　　5
But up by roots to bring dark foliage on.

The trees that have it in their pent-up buds
To darken nature and be summer woods—
Let them think twice before they use their powers
To blot out and drink up and sweep away　　　　　10
These flowery waters and these watery flowers
From snow that melted only yesterday.

---

[27]　**1-4**　構文は These pools that reflect the sky, and (that) chill and shiver, will soon be gone.　**3　chill and shiver**　《自動詞》寒気がして震えている。水も冷たく水辺の花も寒さに震えおののいている。**5-6 And yet...foliage on**　out「(水が)外へ」と up「(木を通って)上へ」の口語的で意表をつく対照。**6　bring...on**　をもたらす、(植物を)生育させる。**7　have it in**　〜する思いがけない力を...にもつ(to

[27] 春のたまり水

これらのたまり水は、森の中にありながら、
空全体をほぼ隈(くま)なく映し出し、
水べりに咲いた花々と同様、寒さに震え、
水べりに咲いた花々と同様、すぐ居なくなってしまう——
といっても、小川や川づたいに外に向かうのではなく、
木の根から這(は)い上(のぼ)り、暗い木の葉の繁みをもたらすのだ。

木々はその鬱屈した芽の中に、やがては
自然を暗く包んで夏の森となる力を秘めている——
その力を行使する前に、木々はよく考え直すがいい——
ついきのう溶けたばかりの雪から生まれた
これら花々をうるおす水と、水から咲く花々を
かき消し、飲み干し、一掃する、その前に。

---

do)。くだけた口語表現。 **pent-up** 閉じ込められた、鬱積した。 8 **To darken...summer woods**=To become summer woods and darken nature. The trees 以下の名詞節はダッシュで中断され、次行の代名詞 them がそれを受ける。 **9-10 Let them...sweep away** 3人称の them への間接命令。木々が池水を暴力的に blót óut, drínk úp, swéep awáy する前に、木々によく考え直させよという。

[28] Bereft

Where had I heard this wind before
Change like this to a deeper roar?
What would it take my standing there for,
Holding open a restive door,
Looking down hill to a frothy shore?　　　　　5
Summer was past and day was past.
Somber clouds in the west were massed.
Out in the porch's sagging floor,
Leaves got up in a coil and hissed,
Blindly struck at my knee and missed.　　　　　10
Something sinister in the tone
Told me my secret must be known:
Word I was in the house alone
Somehow must have gotten abroad,
Word I was in my life alone,　　　　　15
Word I had no one left but God.

---

[28]　2　**roar**　（ライオンなど大きな野獣の）吼える声。　3　**it**=this wind.　**take...for**　cf. What do you take me for?「私を何だと思っているんだ」。　4　**restive**　反抗的な。　7　**massed**　密集して。　8　**porch**　玄関前に張り出した、屋根のある吹き抜け部分。　**sagging**（床などが）沈んでいる。　8-10　**Out in...and missed**　[s]音の頭韻が枯葉と蛇との擬音効果を生む。　9　**Leaves got...and hissed**　ぶきみ

[28] 取り残されて

いつだったろう——風がこのように
野太いうなり声に変わるのを聞いたのは。
風はいったいどう思うだろう——私が
ここに立って、逆らうドアを押し開けながら、
丘から泡立つ渚を見下ろしているのを。
夏は去り、きょうの日も終わり、
どす黒い雲が西のほうに群がっている。
床の下がったポーチの上で、落葉が
とぐろを巻いて起き上がり、シュッと叫んで
私の膝に襲いかかったが、あやうく狙いがそれた。
どこかぶきみなその声で、気が付いた——これは
きっと私の秘密を知ってのことに違いない。
どうやらあたりに広まっているらしい、
私が家に一人でいるという噂——
私がこの世に一人でいて、
神様以外に誰もいないという噂が。

な毒蛇のイメージ。 10 missed (膝に)当たり損なった。 11 sinister ぶきみな。 11-14 [s]音の頭韻。 12 must 過去形。 13 Word 《ふつう無冠詞》(～という)噂(直後の that を省略)。 14 have gotten abroad (噂などが)広まっていた。 15-16 Word I... but God 家に1人でなく、この世に1人きりでいるのが知れ渡っていた。 but=except.

[29] Tree at My Window

Tree at my window, window tree,
My sash is lowered when night comes on;
But let there never be curtain drawn
Between you and me.

Vague dream-head lifted out of the ground,　　　　　　　5
And thing next most diffuse to cloud,
Not all your light tongues talking aloud
Could be profound.

But, tree, I have seen you taken and tossed,
And if you have seen me when I slept,　　　　　　　　10
You have seen me when I was taken and swept
And all but lost.

That day she put our heads together,
Fate had her imagination about her,

---

[29]　2　**My sash**　上下2段に分かれた窓枠の片方。　2-3　**on**(第2行)と drawn(第3行)は擬似韻。　3-4　**But let...and me**　強い意志を表わす間接命令。　5　**dream-head**　夢見る頭。フロストの造語。5-8　脚韻語はすべて[d]音で終わる。　6　**next most...to cloud**　雲に次いで。　**diffuse**　ふわふわ広がった、散漫な。ぼんやり夢想にふける現実離れのした木。ロマンチックというよりむしろユーモラス。

[29] 窓辺の木

窓辺の木、窓の木よ、
夜が来れば、窓が閉まる。
だが、カーテンを引くことは断じてない、
君と私のあいだには。

地中からもやもやと擡げられた夢みる頭よ、
雲も顔負けのふわふわ物よ、
君が聞かせる軽いおしゃべりは、
すべて深いというわけでもなさそうだ。

だが木よ、私は見た ── 君が引っ攫まれ揺さぶられるのを。
そして、もし私が眠るところを君が見たなら、
君は見たわけだ ── 私が引っ攫まれ、吹きまくられ、
あわやお陀仏になりかけるのを。

ぼくらの頭を突き合わせたその日、
運命の女神はなかなか気が利いていた ──

---

7 tongues 木のおしゃべりとは風に揺れる木の葉の音で、そこに深い意味はない。自然は叡智を秘めた人類の教師というワーズワスやエマソンらの自然観を皮肉るか。私の詩も木の葉のざわめき程度だという謙遜も。　9-12 脚韻語はすべて[t]音で終わる。　9 taken (病気や苦痛などに)襲われて。　tossed (風に)揺さぶられて。　11 swept 吹き荒らされて。　12 all but=almost.　lost 滅びて、死ん

Your head so much concerned with outer, 15
Mine with inner, weather.

で。 13 she 次行のFate。 13-16 すべて穏やかな女性韻(to-géth-er, wéath-er, a-bóut her, óut-er と、脚韻語の強拍のあとに余分な弱拍1音節がくる)で、末尾の母音はすべて[ə:]音。この連では他にも her, concerned, inner と、[ə:]音が耳につく。 14 Fate 運命の女神。 about 《文語》持ち合わせて。 15 outer=outer weather 外部の天候(嵐や風雨など)。 16 Mine=My head. inner, weather

どちらもはらはらし通しだから、君の頭は外のお天気に、
私のは内心のお天気に。

———
内心の天候(悪夢など)。

[30]   Acquainted with the Night

I have been one acquainted with the night.
I have walked out in rain—and back in rain.
I have outwalked the furthest city light.

I have looked down the saddest city lane.
I have passed by the watchman on his beat　　　　　5
And dropped my eyes, unwilling to explain.

I have stood still and stopped the sound of feet
When far away an interrupted cry
Came over houses from another street,

But not to call me back or say good-bye;　　　　　10
And further still at an unearthly height,
One luminary clock against the sky

Proclaimed the time was neither wrong nor right.

---

[30] 1 **I have...the night**　以下、行の冒頭で何度も同じ現在完了形が繰り返される(anaphora 首句反復)。ただし過度に詠嘆的でも感傷的でもなく、ただ淡々と念を押すように事実を認める口調。*I* [ai], acqu*ai*nted [ei], n*igh*t [ai]という二重母音ののびやかな響き、また one, acquainted, with の [w] 音の頭韻。以下、第6行まで要所要所に [w] 音が現われる。　**one**　(修飾語句を伴って)〜な人。　**acquainted**

[30] 夜に馴染んで

わたしは夜に馴染んだ人間だ。
雨のなかを出歩いては——雨のなかを戻ってきた。
いちばん遠い街の灯の、もっと先へも歩いていった。

見るも哀れな路地のなかをのぞき込んだ。
巡回中の夜警とすれ違い、
言い訳をするのがいやで、目を伏せたこともある。

じっと立ち止まって足音を消し、
家並みごしに、向こうの通りでふっととぎれた
叫び声に耳をすましもしたが、それはわたしを

呼び戻すためでも、さよならを言うためでもなかった。
そして、もっと向こうのこの世ならぬ高みには、
煌々たる天体の時計がひとつ、空を背景に、

いまがまずい時でも、またいい時でもないと告げていた。

～に慣れた、熟知している(*with*)。必ずしも夜への親愛感・親密感を含むわけではない。　3　outwalked　～の先まで歩いて行った。　4　down=along「～沿いに」。 city lane　路地。　5　watchman　夜警、夜番。19世紀に警察制度が整うまで、各地の市や町が盗難や火災を警戒するために雇った警備員。ここでは現代の警官を古風にこう呼んだ。 on his beat　巡回中の。　11　still　《比較級を強めて》もっと。

I have been one acquainted with the night.

---

unearthly　この世のものならぬ。　**12 luminary clock**　天体の(ように)輝く時計。この「空高く光る時計」は、月の隠喩とも、また都会だから高い時計塔の時計とも考えられる。フロストはアナーバー市の古い郡裁判所の時計塔だという(Parini, *Robert Frost: A Life*, p. 246)。　**against**　～を背景に。　**13 Proclaimed**　宣言していた。
14 I have...the night　ここまで脚韻は鎖状に重なりながらずれて

[30] 夜に馴染んで

わたしは夜に馴染んだ人間だ。

> 詩「選ばなかった道」The Road Not Taken（90頁）は、あえて「人の行かない道」を敢然と進んだ先覚者をたたえる詩ではない。だが誤解されやすい点は、それにとどまらない。自分で下した決断を後悔し、いつまでもくよくよ悩むのは、実はフロスト自身ではない。これは友人のイギリス詩人エドワード・トマスをからかった作品なのだ。
>
> 滞英中のフロストと知り合って無二の親友となったトマスは、まだほそぼそとエッセイを量産して身を立てる若者だった。その彼を励まして、自信をもって詩の道に踏み込むよう促したのはフロストである。トマスはしばしばフロストを案内して、土地の花や草木を見て回る散歩に出かけながら、その度ごとに、あっちへ連れて行けばあの花が見られたのに、惜しいことをしたと、その日選んだルートをぐずぐず後悔するのが常だった。だが厳しいピューリタンの母親に育てられて、「立派な農夫は決してうしろを振り返らない」という格言に忠実だったフロストは、その態度を面白がってこの詩を書き始め、帰米後それをトマスに書き送ったという（Lawrance Thompson, *Robert Frost: The Years of Triumph, 1915-1938* を参照）。

行くという形をとってきた（「作品解説」を参照）。歌うような字句の繰り返しを特徴とするこの詩は、最後に同韻（right と night）の2行連句（couplet）で締めくくられる。だが実は、最終行は第1行まるごとの繰り返しであり、末尾2行の脚韻語も、第1行のそれに重なる。こうして詩はもと通りのあてどない彷徨を始めることになる。

[31]　Desert Places

Snow falling and night falling fast, oh, fast
In a field I looked into going past,
And the ground almost covered smooth in snow,
But a few weeds and stubble showing last.

The woods around it have it—it is theirs.　　　　　　5
All animals are smothered in their lairs.
I am too absent-spirited to count;
The loneliness includes me unawares.

And lonely as it is that loneliness
Will be more lonely ere it will be less—　　　　　　10
A blanker whiteness of benighted snow
With no expression, nothing to express.

They cannot scare me with their empty spaces
Between stars—on stars where no human race is.

---

[31]　4　**But**=Except. **stubble**　森の中の畑地か。**5　have it**　詩人ヒーニーは it が「雪」か「寂しさ」を指すという (*Homage to Robert Frost*, p. 69) が、field か ground と見るのが自然。**6　lairs**（野獣の）巣穴。**7　absent-spirited**　魂がからっぽになって。おそらく absent-minded「上の空の」からのフロストの造語。**8　The loneliness...me unawares**　寂しさが知らず知らず「私」を取り込む。

[31] 砂漠の地

雪がしんしんと降りしきりはやばやと夜が落ちかかる ──
行きずりにのぞき込んだ野っ原に。
地面は雪でほとんど平らになり、
わずかな雑草と刈り株が、最後に消えかかっている。

この畑地(はたち)はもう森の領分 ── まわりの森のものだ。
動物たちはみな自分の巣穴のなかで息を詰まらせている。
だが魂の抜け果てたわたしは、数のうちに入らない。
寂しさが、知らず知らず、わたしを取り込むのだ。

そして寂しいとはいえ、この寂しさは、
和(やわ)らぐ前に、ますます募ることだろう ──
闇に閉ざされたのっぺらぼうの白い雪には、
表情もなく、表わすべき何物もなく。

星と星のあいだ ── それとも人の住まない星には、
からっぽの空間があると聞かされても少しも怖くはない。

──────────

そしていつの間にか、生きた人間であるはずの「私」まで、索漠とした周囲の自然に呑み込まれ、その一部のようになっている。
loneliness 孤独、寂しさ、わびしさ。だが、ここではこの語がふつう持つような感情的・感傷的な含意はなく、生気なく無表情な自然(物質)の冷え冷えと取りつく島のない荒涼感を暗示している。たとえば bleak「荒涼たる、寒々とした」や desolate「荒れ果てた、不毛の、

I have it in me so much nearer home 15
To scare myself with my own desert places.

わびしい」といった、いかにもそれらしい語を使えば、読者はかえって陳腐な型通りの連想に導かれそうなので、語り手は身近な実感のこもったふつうの語(口語)でなんとかこの感情を言い表わそうとしている。 9 **lonely as it is**=though it(=that loneliness)is lonely. 執拗な同語反復。[l]音の矢継ぎ早の頭韻。 **ere** [éə]=《文・古》before. 11 **benighted** 《古》行き暮れた、善悪の区別もつかぬ。 11-12 A

現にわたしなどは、ずっと身近に、われとわが胸中の
砂漠(おば)の地で、自分を怯えさせることさえあるのだから。

　詩「雪の夜、森のそばに足を止めて」Stopping by Woods on a Snowy Evening（142頁）の最終行では、すぐ前行の "And miles to go before I sleep" が、そっくりそのまま繰り返されている。これについてのフロストの「解説」は面白い。

　「作品解説」で触れたように、この詩の脚韻構成は aaba, bbcb, ccdc... となっている。すると続く最終の第4連では、行きがかり上、脚韻は dded とならざるを得ない。だがそんなことををすれば、次には e を主役とする第5連を読者に期待させることになるが、もうこれ以上書くことは何もない。とはいえ、邪魔な e を省いてその行だけを無韻にしてしまうというのは、いかにも前後のバランスが悪すぎる。いっそ打ち止めの第4連全体を dddd とすれば、そこで韻の堂々巡りは止まるが、d の脚韻は前連のそれを含めて5つになってしまう。まさか最終連だけを3行にするというわけにもいかない。だから前行そのままの repetend「反復行」は、ただ1つの論理的帰結だというのだ（Lawrance Thompson, *Robert Frost: The Years of Triumph, 1915-1938*, p. 596, n. 16 を参照）。

---

blanker...to express　先行する more lonely と同格。　**15　I have it in me**　《話》私は〜する意外な能力をもっている(*to*)。　**nearer home**　（宇宙の空間や星々）より身近に（私の心の中で）。

[32] A Leaf Treader

I have been treading on leaves all day until I am
                          autumn-tired.
God knows all the color and form of leaves I have
                          trodden on and mired.
Perhaps I have put forth too much strength and
                          been too fierce from fear.
I have safely trodden underfoot the leaves of
                          another year.

All summer long they were overhead, more lifted
                          up than I.   5
To come to their final place in earth they had to
                          pass me by.
All summer long I thought I heard them
                          threatening under their breath.
And when they came it seemed with a will to
                          carry me with them to death.

---

[32] 1 treading[trédiŋ]. **autumn-tired** フロストの造語。秋は収穫の季節だが、1年の農作業の締めくくりとしての落葉踏みの時でもある。秋に疲れ、もう秋には「飽きた」という気持ち。 3 **put forth** (力など)を振るった。 **fierce from fear** 獰猛な、敵意のある。落葉に対する恐怖心から(from fear)敵意むき出しでやりすぎた(だから疲れ果てた)かもしれないという。[f]の頭韻。 4 of anoth-

[32] 落葉踏み

朝から晩までせっせと落葉を踏んで、もう
　　　　　　　　　　　秋には飽き飽きした。
どれだけの色や形の葉を踏んづけて、泥まみれに
　　　　　　　　　　　　　　　したことやら。
私はちょっと力み過ぎ、猛然とやり過ぎたかもしれない
　　　　　　　　　　　　　　　——恐怖から。
これでまた向こう一年分の落葉を、なんとかぶじ
　　　　　　　　　　　踏みにじったわけだ。

夏じゅうやつらは頭上にあって、私より高いところに
　　　　　　　　　　　　　　居すわっていた。
だが地中で最期(さいご)を迎えるためには、私の横を通り過ぎねば
　　　　　　　　　　　　　　　　　　ならない。
夏じゅうやつらがひそひそと、私を威(おど)してくるのが
　　　　　　　　　　　　　聞こえるようだった。
そして落ちてきた時には、私を道連れにするつもりだった
　　　　　　　　　　　　　　　　　　　らしい。

---

er year　また向こう1年分の。　5　they were overhead, more lifted up than I　やつら木の葉は夏じゅう、上から私を見下ろしていた。　6　pass me by　(地面に散る際)私の横を通り過ぎる。　7　under their breath　声を潜めて、ひそひそ声で。風にさやさやと鳴る木の葉の音が、語り手にはそう聞こえる。フロストは鬱蒼と茂って下界を暗く覆う森や木の葉の威圧感をたびたび語っている(「樹木恐怖

184　　フロスト詩集

They spoke to the fugitive in my heart as if it were
　　　　　　　　　　　　　　　　　leaf to leaf.
They tapped at my eyelids and touched my lips
　　　　　　　　with an invitation to grief.　　10
But it was no reason I had to go because
　　　　　　　　　　they had to go.
Now up my knee to keep on top of another year of
　　　　　　　　　　　　　　　　　　　snow.

症」を dendrophobia という。詩「春のたまり水」Spring Pools など を参照)。　**8　when they came**　落ちてきた時。**carry me...to death**　私を死への道連れにする。　**9　the fugitive**　私の中には現実から逃げ出したいと願う「はぐれ者」がいて、木の葉はその弱みに付け込むのだ。　**10　to grief**　cf. come to grief「災難にあう、不幸に陥る、破滅する」。木の葉はさらになれなれしく「私」の肩や唇に触

やつらは私の中の風来坊に話しかけた、まるで互角の
　　　　　　　　　　　　葉っぱどうしみたいに。
私の瞼(まぶた)を軽く叩き、唇にさわって、一緒に
　　　　　　　　　　果てようと誘いかけた。
だが彼らが往生するからといって、こちらが
　　　　　　　　　お付き合いするいわれはない。
さあ、膝よ、上がっておくれ、また一年分の雪を
　　　　　　　　　　踏みしめるために。

れて、誘いをかけてくる——一緒に滅びようと。　11　it　あとの be-cause 以下を指す仮主語。　12　keep on top of　～の上に居る、～を支配している。

[33]　Neither Out Far Nor In Deep

The people along the sand
All turn and look one way.
They turn their back on the land.
They look at the sea all day.

As long as it takes to pass　　　　　　　　　　　5
A ship keeps raising its hull;
The wetter ground like glass
Reflects a standing gull.

The land may vary more;
But wherever the truth may be—　　　　　　　10
The water comes ashore,
And the people look at the sea.

They cannot look out far.
They cannot look in deep.

---

[33]　3　**They turn their back on the land**　海辺では誰もが陸に背を向けて、海ばかり見ている。　4　**They look...all day**　第1連で、海と陸との対比がはっきりする。みんな海(一様な無限のひろがり、未知の深み)に魅せられて、地上(生臭い人間世界と多様な自然)には見向きもしない。　5-6　**As long...its hull**　海を見つめる人々の目に映る風景。沖合を通り過ぎる船が波のうねりに揺られつつ、浮き沈み

[33] 広くもなければ深くもない

浜辺に居並ぶ人々は
そっぽを向いて見つめている。
みんな陸地に背を向けて、
ひねもす海を見つめている。

船は通り過ぎるまで
波間に浮いたり沈んだり。
濡れた砂地は鏡のよう、
たたずむカモメを映している。

変化に富むのは陸のほう。
だが真理がどちらにあろうとも ──
水は岸辺に打ち寄せて、
みんなは海を見つめている。

たいして広くは見渡せない。
たいして深くも見通せない。

を繰り返す。 5 **it takes...to** 〜するのに(ある時間が)かかる。cf. Take as long as you like「どうぞごゆっくり」。 6 **hull** 船体。 7 **wetter ground** 濡れた(方の)地面。1羽のカモメが渚にたたずんで、その姿が濡れた砂地に映っている。印象的な光景だが、他に目を引くものは何もない。 9 **vary more** 陸地に向き直る方が、風景は変化に富むだろう。 10 **But wherever...may be** 真実がどちら側にあ

But when was that ever a bar 15
To any watch they keep?

ろうと。人々が海に魅せられるのは、住み慣れた猥雑な陸地より神秘に満ちた海の向こう(ひいては遠い宇宙の彼方)にこそ、人生や存在の謎を解く鍵があると思い込んでいるからだ。　**11　The water comes ashore**　多くの評者を悩ませた1行。波は相変わらず打ち寄せる、の意か。　**15　that**　いくら見つめても、見渡せる範囲やのぞき込める深さなど知れたものだということ。**bar**　妨げ、障害。　**16**

だが、そんなことにはお構いなく、
誰もが海を見つめている。

> 本詩集最後の詩「せいぜいのところ」The Most of It (196頁)は、荒々しい迫力に満ちた秀作だが、その最終的な意図はどこか謎めいている。
>
> 自然に対して、自然にないものを求めようとする詩人たちを、フロストは憎んでいた。人は大自然の孤独の中で、「せいぜいのところ」、与えられる限りでの自然の驚異を味わえば十分で、ないものねだりの失望を嘆いたりするべきではないというのだ。この詩は実はその種の詩人ヴァン・ドア Wade Van Dore への皮肉な回答なのである (Lawrance Thompson, *Robert Frost: The Years of Triumph, 1915-1938*, p. 361 を参照)。
>
> のちヴァン・ドアは、自作の詩「こだま」The Echo が凡作だと認めつつも、自分がスピリア湖岸でしばしば沈黙と孤独を楽しんだとき、「大自然に完全な充足を得られないからといって、他ならぬ自然に同情を求めて叫んだだろうか」、フロストの詩の暗く原始的な感覚には、むしろフロスト自身の内心にかかわる何かがあるのではないかと反論している (Jeffrey S. Cramer, *Robert Frost Among His Poems*, p. 129 を参照)。

---

watch they keep　人々の続ける(海の)見張り、注視。

[34]　Design

I found a dimpled spider, fat and white,
On a white heal-all, holding up a moth
Like a white piece of rigid satin cloth—
Assorted characters of death and blight
Mixed ready to begin the morning right, 5
Like the ingredients of a witches' broth—
A snow-drop spider, a flower like a froth,
And dead wings carried like a paper kite.

What had that flower to do with being white,
The wayside blue and innocent heal-all? 10
What brought the kindred spider to that height,
Then steered the white moth thither in the night?
What but design of darkness to appall?—
If design govern in a thing so small.

---

[34]　2　**heal-all**　万病に効くとされるシソ科ウツボグサ属の植物の総称。4　**blight**　(植物の)胴枯れ病。疫病。5　**ready to…morning right**　皮肉にも、コーヒーやコーンフレークのコマーシャルの決まり文句。7-8　**A snow-drop…paper kite**　第4行の Assorted characters の同格。[s], [d], [p], [f], [k]の強い響き。7　**snow-drop**　ユキノハナ。蜘蛛の譬え。9　**What had…to do**　その花は〜

[34] 意図

えくぼのある白い太った蜘蛛(くも)が、
白い万病草(まんびょうそう)の上で、硬く白い繻子(しゅす)の布のような
一匹の蛾を持ち上げていた。
死と病毒の役者どもが寄せ集められて、
気持ちよく朝を迎えようと、まるで
魔女のスープの材料のように、混ぜ合わされていた ──
ユキノハナのような蜘蛛と、泡のような花、
そして紙凧(かみだこ)のように持ち上げられた、死んだ羽。

青い無心な道端の万病草 ── あの花が、
何のつもりで真っ白に咲いていたのだろう。
いったい何が、同類の蜘蛛をあの高みに連れていき、
それから夜のうちに、白い蛾をそこへ呼び寄せたのか。
むろん、人をぞっとさせようという暗黒の意図だろう ──
もっともこんな瑣事(さじ)にさえ、意図が働いていればの話だが。

と何の関わりがあったのか(*with*)。 11 **kindred** 同族の。 **that height** 万病草は背の高い草。 12 **steered** (船などを)ある方向に向けた。 13 **What but** 〜でなくて何だろう。 **design** 何者か(例えば神や悪魔)の仕組んだ意図。 **appall** 《主に米》ぞっとさせる。「蒼ざめさせる」という中世ラテン語の意味を響かせているかもしれない。 14 **govern**=governs. If節の中の古風な接続法現在形。

[35]　Come In

As I came to the edge of the woods,
Thrush music—hark!
Now if it was dusk outside,
Inside it was dark.

Too dark in the woods for a bird　　　　　　　　　　5
By sleight of wing
To better its perch for the night,
Though it still could sing.

The last of the light of the sun
That had died in the west　　　　　　　　　　　　10
Still lived for one song more
In a thrush's breast.

Far in the pillared dark
Thrush music went—

---

[35]　2　**Thrush**　つぐみ。ナイチンゲールと同様、歌声の美しさで知られる。　**hark!**=《文》(主として命令形)listen!　3　**Now**　くだけた口語の口調を伝える。　**if**　～だとすれば、その一方で(「～だとはいえ、～なのだが」の意ともとれる)。　**dusk**　《詩》薄暗がり、夕闇。隣接する outside と inside の意味上・音声上のコントラスト。dusk と dark は、音がかなり似通っている。　5　**Too dark**　前行の dark

[35] お入り

森の際(きわ)まで来てみると、
つぐみの歌だ ── ほら!
で、外は薄闇(うすやみ)だが、
中は真っ暗。

森はあんまり暗いので、鳥が
どう器用に羽ばたいても、
今夜の止まり木を移せそうにない、
まだ歌は歌えるのだが。

西空に死に絶えた
陽(ひ)の光の最後の一かけらが
まだもう一曲分だけ、つぐみの胸に
生きている。

柱がぎっしり立ち並ぶ闇の奥深く
つぐみの歌は入って行った ──

の反復。　**6　sleight of wing**　sleight[sláit]of hand「(手品の)巧みな手さばき、ごまかし」や、sleight of mouth「口先のうまさ」から借用。　**7　To better its perch**　もっといい止まり木に換える。　**13 pillared**　柱の立ち並んだ。森は大聖堂の暗い内部を、木々はその列柱を思わせる。

Almost like a call to come in 15
To the dark and lament.

But no, I was out for stars:
I would not come in.
I meant not even if asked,
And I hadn't been. 20

15-16　Almost like...and lament　語り手は森の奥からひびく鳥の歌に惹かれて、もう少しのところで(Almost「ほとんど」)闇の中に誘い込まれそうになった。闇はわずらわしい現実からの解放、すべてを忘却にゆだねる心の安らぎ(ひいては死の安息)を意味する。詩「雪の夜、森のそばに足を止めて」Stopping by Woods on a Snowy Evening を参照。　16　lament　嘆く、後悔する。　19　I meant...if asked=I

それはほとんど誘いのように聞こえた ——
闇の中にお入り、そして嘆きなさいと。

だが、やめておこう。私は星を見に出てきたのだ。
入っていくつもりはない。
たとえ誘われたってその気がないのに、
誘われてもいないのだ。

---

meant that I would not come in even if I had been asked to. **asked**=invited. **20 And I hadn't been**=And I hadn't been asked to come in. あやうく闇の奥に引き込まれそうになった語り手は、我に返って喧嘩腰で誘惑をしりぞける。「頼まれたってお断りだ」という生きのいい決まり文句の響きは、読者を常識の世界に引き戻す。

[36] The Most of It

He thought he kept the universe alone;
For all the voice in answer he could wake
Was but the mocking echo of his own
From some tree-hidden cliff across the lake.
Some morning from the boulder-broken beach 5
He would cry out on life, that what it wants
Is not its own love back in copy speech,
But counter-love, original response.
And nothing ever came of what he cried
Unless it was the embodiment that crashed 10
In the cliff's talus on the other side,
And then in the far distant water splashed,
But after a time allowed for it to swim,
Instead of proving human when it neared
And someone else additional to him, 15
As a great buck it powerfully appeared,
Pushing the crumpled water up ahead,

---

[36] 2 **wake** (反響など)を引き起こす。 3 **but**=only. **mocking** ～をあざ笑う。「～を真似ている」という別の意味も生きている。**his own**=his own voice. 4 **some** ある。**tree-hidden** 木々に隠された。 5 **Some morning** これも漠然と「ある朝」。**boulder-broken beach** 石が砕けてごろごろしている湖岸。[b]の頭韻。 6 **would** 「ある朝」だから、過去の習慣(反復行為)ではない。実際に

[36] せいぜいのところ

宇宙は自分ひとりのものだと彼は思っていた。
なぜなら彼の呼びかけに答えてくれる声といえば、
湖水の向こうの木立に隠された崖からはね返ってくる
からかうような自分の声のこだまだけだったから。
ある朝、彼は石のごつごつ砕けた岸辺から
人生について叫びたくなった —— 人生がほしいのは
鸚鵡（おうむ）返しに戻ってくる自分自身の愛ではなく、
逆に向こうからくる愛、独自の応答ではないのかと。
そう叫んでみても、何一つ起こりはしなかった ——
ただ、何ものかの化身が立ち現れて、向こう岸の
崖の麓に積もった岩屑（がんせつ）のあたりでばりばり音を立て、
それからはるか遠くの水にざぶんと飛び込んだが、
しばらく時間をかけて泳いでから、
こちらに近づいてみると、それは人間ではなく ——
彼とは別のもう一人の人間なんかではなく、
一頭の巨大な牡鹿（おじか）がたくましく姿を現わして、
しわくちゃの水をぐんぐん前方に押し出して、

叫んだのか、ただ気持ちだけだったのかは、故意にぼかされている。
it=life. 8 counter-love　向こうから返ってくる愛。counter　相手の行動の逆方向に向かう。cf. counter-culture「対抗文化」。既存のしきたりに刃向かう生き方と価値観。original　（模倣ではない）独自の、元の。10 Unless=Except that. the embodiment　語り手の呼びかけに答えて現われたかもしれない体現者、具現。漠然と「自

And landed pouring like a waterfall,
And stumbled through the rocks with horny tread,
And forced the underbrush—and that was all. 20

然」を代表するか。 crashed （砕けるような）すさまじい音を立てた。 11 talus[téiləs, tǽləs] 崖錐。断崖の下に崩れ落ちた岩屑の堆積地形。 13 time allowed...to swim それが泳ぐのに見込まれる時間。 14 it=the embodiment(第10行)。 15 someone else...to him 彼が望んだようなもう1人の人間。 16 As 〜の形をとって。 it appeared As... と続く。 16-18 [p]音の頭韻。 17 crumpled

[36] せいぜいのところ

滝のように水をぽたぽた垂らしながら上陸すると、
骨ばった足どりで石ころの間をよろけながら、
下草を押し分けて入っていった——ただそれだけだった。

---

water　牡鹿のたくましい前進によって「皺のよった湖水」。　18 landed　主語はit(第16行)。　pouring　ぽたぽた水を垂らしながら。　19 with horny tread　(角のように)ごつごつ骨ばったひづめの足どりで。　20 underbrush　《主に米・カナダ》(森の大木などの)下生え、下草。

作品解説

[1] The Pasture(18 ページ)
牧場(まきば)

　第2詩集『ボストンの北』(1914)の序詩としてその冒頭を飾り、以後フロスト詩全体への道案内として、つねに彼の全詩集や選集の最初に置かれている。多感な青年の思いを精緻な短詩に練り上げた第1詩集『若者の心』(1913)とは異なり、この詩集には対話を中心とするやや長めの物語詩が集められている。

　〈弱強5歩格3行＋弱強4歩格1行〉の2連をつらねて、奇数行が押韻する(脚韻構成は abbc)。

[2] My November Guest(20 ページ)
わが十一月の客

　ごく初期の詩で、まだ妻エリナーに求婚している時期に書かれた。古語や詩語がいくつかまじっている。木々の葉が落ち尽くし、冷たい霧雨が降る晩秋・初冬の季節に無上の美と喜びを見出す個性的な作品。第1詩集『若者の心』所収。弱強4歩格5行4連で、脚韻は abaab。

[3]　Waiting（24 ページ）
　　　待つ

　最初の詩集『若者の心』に収められたごく初期の詩の1つ。若者がひとり野に出て夢想にふけるというロマンチックな題材で、典雅な響きをもつ文語・詩語が所々に用いられている。だが抑制のきいた沈んだ語調で暮れ行く畑の光景を活写する筆さばきは、もう独自のものだ。全体に甘い憂愁が漂う。

　韻律はブランク・ヴァース（無韻の弱強5歩格）。「夢想する」とはいえ、語り手は自然に浸りきるのではなく、すべてを鋭く見、聞き、嗅ぎとって、それを的確に書き留めている。

　ポールグレイヴ（F. T. Palgrave）の『黄金抒情詞華集』 *The Golden Treasury of Songs and Lyrics*（1861）は、エリザベス朝からロマン主義時代に至る抒情詩の名作を収め、一世を風靡したが、すでに時代色を帯びている。それをこの黄昏(たそがれ)の畑の空気にさらし、生き返らせることで、現代の詩を書こうという語り手の自負がうかがわれる。ただそれは「打ち萎(しお)れた甘美さ」の空気、やや世紀末風の憂いを含む空気であり、後のフロストの苦く見開かれた目からはかなり縁遠い。

　語り手の脳裡を占めているのは、「ここにいないある人」（第26行）だ。その人は、すぐ結婚しようという彼の誘いにまだ同意していない。だから彼は毎日この詩のような詩を書きながら、それを彼女に読んでもらう時を「待って」いるのだ。

[4]　Mowing(28ページ)
　　　まぐさ刈(か)り

　作者自身が認める初期の傑作として名高い。ありふれた農作業の一こまだが、その語り口はただならぬ緊張と気迫をはらんでいる。最初の詩集『若者の心』(1913)に収められた。題名の Mowing は、大鎌で草を刈ること。草は家畜の飼料として夏の間に刈り、干して貯蔵する。

　弱弱強格の多い弱強5歩格で脚韻構成は abcabdecdfegfg。不規則だが、どの1行もどれか他の1行と押韻する。イギリス風ソネット(4/4/4/2)に近いが、押韻のしかたが異なる。

　あるがままの現実を、ただあるがままに言葉で伝えることはできない。そうすると平凡で無味乾燥な言葉が並ぶだけで、読者に訴えかける力がなくなるからだ。生(なま)の現実、手ごわい自然相手の労働を語るには、「真実以上」の言葉、想像の言葉が決定的な役割を担っている。

　「愛」や「夢」は、きびしい「労働」や「現実」の対極にあるが、それら矛盾をはらむ譬えは、みごとに「事実」そのものを伝えるのに成功している。日常生活のありふれた事実こそが夢の材料、夢そのものだ ── 逆説(パラドックス)に富む有名な第13行は、フロストの芸術哲学であり、詩の定義でもある。

　この詩はいわゆる「意味の音」、「話す歌」の最初の優れた試みとしても知られる。詩の音や響きやリズムそのものが、比喩(擬人法も比喩の一種)にも増して詩の効果に貢献している。

[5] The Tuft of Flowers（30 ページ）
　　一叢の花
<small>ひとむら</small>

　人間どうしの連帯への不信、そしてのちには「共働」への絶大な信頼を描いて、愛読される作品の1つ。第1詩集『若者の心』(1913)所収。最も早い作品の1つだが、テーマやスタイルなどにはすでにフロストの本領が表われている。1897年、ハーバード大学時代に課題レポートとして提出され、その成績が期待外れだったことが、学校をやめるきっかけとなった。

　韻律は英雄詩体2行連句——2行1対で脚韻を踏んで(脚韻構成は aa/bb/...)、ほぼ行末で休止する弱強5歩格の高尚な詩行。18世紀の詩人ポープの荘重華麗な2行連句とは違ってくだけた日常語を主体とするが、古風な詩語も混じる。弱強格のリズムはおおむね厳守されている。

　かならずしも共同性(フロストのいう socialism)だけが結論として強調されているわけではなく、もう一方の孤独(彼のいう individualism)も十分な重みをもつ。

　これを「詩作」を語る詩として読むこともできる。詩を書くのは他人のためでも自分をひけらかすためでもなく、「ただそれが嬉しい」からであって、読者は各自それを自分への「メッセージ」として受け取るのだ(cf. 第 26-30 行)。

[6]　Mending Wall(36ページ)
　　石垣直し

　詩「りんご摘みのあとで」After Apple-Picking や「樺の木」Birches と共に愛誦される作品だが、どれもイギリス滞在中、ニュー・イングランドの暮らしを思い出して作られた。

　第2詩集『ボストンの北』の序詩「牧場」The Pasture に続く詩。ブランク・ヴァース(脚韻のない弱強5歩格詩行)の厳密な枠組みの中で変化を極める口語体のリズムに乗って、かすかな皮肉とユーモアを含む語りや対話が展開される。

　この詩の wall は塀というより、大きな丸石を積み上げた低い石垣。ニュー・イングランドは土地が痩せて、石ころが多い。

　語り手は一方的に隣人の偏狭な態度を批判しているのだろうか。そもそも毎年、春先に石垣直しを隣人に呼びかけるのも、またハンターたちが垣を崩したあと、いちいち修復に駆けつけるのも、語り手のほうだ。彼は年に1度の2人の境界巡視を、ひそかに楽しんでいる気配もある。それが田舎の近所づきあいの現実でもあり、面白さでもあるだろう。

　フロストの詩からつねに明快な「人生の知恵」を読み取る必要はない。解釈に困った読者からこの詩の「真意」を訊ねられたフロストは、こう答えて相手を煙に巻いたという。〈この詩の中には「何かしら垣根を嫌がるものがある」という見解と、「よき塀あってのよき隣人」という見解の両方を、平等に2度ずつ入れてある〉。

[7]　The Death of the Hired Man(42 ページ)
　　　雇われ農夫の死

　対話詩の傑作の1つ。雇われ農夫とは方々を渡り歩き、農作業に雇われて食事と宿泊を供給される人夫。原則として給料は出ない。長期にわたって雇われるが、農繁期と農閑期とでは忙しさに差がある。フロスト自身、若いころ雇われ農夫として働いたこともあり、のち雇い入れたこともある。デリー農場時代(作者によれば1905年)に書かれ、イギリスで出た第2詩集『ボストンの北』(1914)に初出。

　この詩は短い1幕劇に近く、1915年の秋にボストンで上演されたことがある。役者たちは田舎住まいの夫婦を演じるのに粗い口調で話し、舞台をどたどた歩き回った。フロストは激怒して、舞台裏で役者たちを叱りつけたという。「ウォレンは馬鹿でも粗野でもない。夫婦はインテリだとわからないのか」。そして重々しく断言した、この夫婦はどちらも「大学を出ているんだ」と(*Robert Frost: The Years of Triumph*, p. 60)。

[8]　Home Burial(64 ページ)
　　　自宅埋葬

　対話詩のもう1つの傑作。若い夫婦の息詰まる意思の衝突、感情のすれ違いを描く。題名の隠れた別の意味は「家庭の埋葬」(「家庭」が崩壊する、妻が家庭内に生き埋めにされる)。1912-13年の冬、英国ビーコンズフィールドで書かれた。形

式はブランク・ヴァース。第2詩集『ボストンの北』(1914)所収。

多くを語るのは妻だが、夫には夫なりの言い分があるだろう。幼い子を亡くしたからといって、父親はただ嘆き悲しんでいるわけにはいかない。穴を掘る作業に没頭しているのは、強い悲しみを紛らす手段だろう。また穴を掘り終えた暗澹たる心境で、もし夫が家に入る前にシャベルや靴の泥を几帳面に洗い落としたとすれば、その方が冷たいとも見えそうだ。語り手は2人のどちらの側につくわけでもない。ジャレルによれば、これは想像力と理性の対立(*The Third Book of Criticism*, Farrar, Straus & Giroux, 1969, pp. 191-234)であり、アメリカに移住したノーベル賞詩人ブロツキーによれば、悲しみと理性の対立(*Homage to Robert Frost*, pp. 5-56)だ。

実はフロスト夫妻は1900年、3歳の長男エリオットをコレラで亡くし、それが後々まで2人の間に尾を引いたと言われている。エリオットの死後、妻エリナーがしじゅう「世界は邪悪だ」と言っていたとフロストが回想している(*Robert Frost: The Early Years*, p. 597)。また彼の妹ジーニーは極度の潔癖症で、「世界の下品さと野蛮さにずたずたにされていた」。だがフロスト自身は、誰か他人が死んだというだけで自分も死ぬほど同情に入れあげる気はないという点で、野蛮人に属するという(*The Letters of Robert Frost to Louis Untermeyer*, Holt, Rinehart and Winston, 1963, p. 103)。

[9]　After Apple-Picking(78 ページ)
　　りんご摘みのあとで

　最も魅力的で高い評価を得ている詩の1つだが、夢と現実が分かちがたく入り混じった「奇妙な」作品でもあり、解釈は多彩を極める。1913-14年の冬にイギリスのビーコンズフィールドで、ニュー・イングランドの農場生活を懐かしみながら書かれた詩。第2詩集『ボストンの北』(1914)に掲載された。

　「りんご摘み」はキリスト教圏では、神の掟に背いてりんごを食べたアダムとイヴを連想させる。この人類最初のりんご摘みから人間の堕落と苦役が始まった。フロストは随所でその種の聖書的連想を匂わせるが、それを強調せず、詩に魅力ある含みを添えるにとどめている。

　弱強5歩格を主体に長短まちまちな弱強格詩行を交える自由詩(フロストには珍しい)。例えば第1, 3, 4, 5行は弱強5歩格。第1行の第5脚は弱弱弱強格、第2行は弱強2歩格。どの行も、不規則ながらかならずどれか他の行と押韻する。

　りんご摘みはきょう1日だけの仕事ではない。膨大な数のりんごを摘み取るには、数人がかりで何日もかかる。語り手がうとうとしたのは、そうして朝から晩まで働きづめの日々を過ごし、そろそろ冬を迎えようという「彼のりんご摘みの最後の日」(Poirier, p. 297)の早朝なのだ。これから始まる眠りはウッドチャックの「長い眠り」に似たものか、「ただの人間の眠り」か。語り手は冬眠のように夢も見ず眠り通すのを秘かに望んでいる。これだけ働いてきたのだから、何も考え

ずにぐっすり眠り、また春には目覚めて復活したいのだ。だが彼がうすうす予感しているように、その眠りは「ただの人間の眠り」(起きていた時間の濃密な記憶に悩まされるような)かもしれない。

[10]　The Wood-Pile(84ページ)
　　　薪[まき]の山

　雪の積もった深い森の奥に、荷造りされて放置されているふしぎな「薪の山」。途中で出会った鳥が語り手に対して用心するのは、自分のきれいな羽根がねらわれていると勘ぐっているからだ。鳥はロマンチックな自然界への案内役どころか、なけなしの財産をせちがらく守ろうとする。語り手も鳥のそうしたかけひきをすぐに読み取り、からかい半分に相手をしている。

　『ボストンの北』(1914)に収められ、弱強5歩格の名手としての作者の声価を高めた。多彩なブランク・ヴァース(第1行の第1脚は強強格、第2脚は弱弱弱強格、第5脚は強強格)。

　語り手が森の奥に見出したのは、自分とは程遠いタイプの人間——1つの場所、1つの仕事にとどまらず次々に新しい挑戦を試みる、いわば開拓者精神の持ち主の痕跡だ。フロスト自身は職業を転々としながらも、十代のころから詩作1本に人生の的をしぼっていた。語り手は先人に対して驚きと秘かな羨望を感じたかもしれない。

[11] The Road Not Taken（90 ページ）
　　　選ばなかった道

　フロストといえばすぐに挙げられる代表作の1つ。2000年4月に発表されたある調査では、アメリカ人が最も愛する詩人はフロストで、詩ではこれが1番だったという。だが皮肉なことに、これは最も誤解されている詩の1つでもある。1914年にイギリスで書かれ、雑誌に発表されたのち第3詩集『山間の地』(1916)の巻頭に収められた。韻律は弱強4歩格（ときに弱弱強格や強強格を交える）で、脚韻構成はabaab。

　この詩については、一部で早合点の解釈（第4連だけにもとづく）が広まり、それが結果として詩の絶大な知名度に貢献しているようだ。つまり〈私は人生の岐路に立ったとき、あえて人の行かない方の道を選んだ。それが明暗を分けて、私は草分けの苦労をなめつつも、ついに成功をかち得た〉というもので、これは（ことにアメリカでは）喜ばれやすい処世訓だ。

　だがこの安易な解釈には辻褄の合わない点が多い。語り手は第3連まで「どちらの道もほぼ同じ」だったと繰り返し確認している。なぜ第19行になって事実と異なることを断言するのか。なぜそれを話すのが「ずっとずっと先」なのか。なぜそれが「ため息をつきながら」なのか。

　言い換えれば、そうして2つの選択肢から1つを選んだこ・と、選ばざるを得なかったこと自体が後悔の種となり、語り手を悩ませているのだ。語り手は「選ばなかった道」（題名）が気になってしかたがない。人は人生のあらゆる局面で否応

なしに二者択一を迫られる。そして何かの理由で片方を選んだとき、他方もほぼ同じ理由で良く見えるに違いない。

　この思い出をずっと後まで人に話すことができないのは、悔しいので話す気になれないからだ。ため息交じりに話すのは、あきらめきれないからだ。しかも、そのときにはもっともらしく「人通りが少ない方の道を選んだ」などと自慢しそうだ。最終行も、ただ「それがあとあと大きな違いを生んだ」というだけで、その先に成功があったのか、失敗に終わったのかについては、何も言っていない。どちらを進めば良かったのかは誰にもわからないが、選択が「大きな違い」を生んだことだけは確かなのだ。177頁のコラムを参照。

[12]　An Old Man's Winter Night(94ページ)
　　　老人の冬の夜

　きびしい冬の自然の中で農家に1人で住む誇り高い老人の一夜を描く。身につまされるこの「老人詩」は、フロストが42歳でアメリカに戻ってきて出版した第3詩集『山間の地』(1916)に収載されている。詩形はブランク・ヴァース。

　老人が1人で広い農場をやっていくことはできない。それでも、家を守っていこうとする強い独立心は見上げたものだ。ただその実態は不安、物忘れ、虚勢、あきらめと人任せに過ぎない(月は人ではないが)。そして、老人とともに滅びゆく農場。

[13]　The Telephone（98 ページ）
　　　　電話

　『山間の地』(1916) に収録されたが、デリー農場を営んでいた時期に書かれた作品。2人の対話だけからなり、珍しくロマンチックな空想と初々しい愛情がユーモラスに表出されている。ベルが電話機の特許を得たのが1876年。アメリカでの普及率は1900年には10パーセントにも届かず、1915年には30パーセント。花を電話機に見立てるという発想は、フロストにしてはかなり「いま風」でしゃれていた。

　形式は自由詩だが、どの行も長短いずれかの弱強格詩行。例えば第1行は弱強5歩格、第2-3行は弱強2歩格、第4行は弱強1歩格など。脚韻は abcdcabde; fbeafgbhhg と不規則だが、どの脚韻語もどこかに対応する脚韻語をもっている。

　男はつまるところ、この突飛な「花電話」の話で、はにかみながら愛情といたずらっ気を女に示したのではないか。若々しい親愛の情を抒情的・感傷的にではなく、日常的で生き生きとした対話に託している点にフロストらしさがある。

[14]　The Oven Bird（102 ページ）
　　　　カマドムシクイ

　Oven Bird は北米産の鳥。夏の広葉樹林で地面を歩いて餌をあさり、けたたましい早口で teacher-teacher-teacher と鳴く。体が小さく落葉と見分けがつかないので、姿を見られることは少ない。落葉や小枝でできた巣は古風なかまどに似

ている。そういう風変わりな鳥なのだ。

　英国に渡る前にデリー農場で書かれ、第3詩集『山間の地』(1916)に収められた。韻律は弱強5歩格の14行。鳥の非音楽的な鳴き声を暗示する耳障りな響きが随所で聞かれる。また第1脚の強弱格(Lóud, a)、第2脚と第5脚の強強格(míd-súm, míd-wóod)など鳥の大声を模倣する強勢の連続が目立つ。aabcbdcdeefgfg　という破格の脚韻構成をもつ擬似ソネットで、9行目に前半部から後半部へのturn(転じ)がくる。

　孤独な大声を張り上げるカマドムシクイは、他の鳥のように美しい声で「歌う」のでなく、大声で何だかだと「言う」。フロスト自身、自作を朗読するときはreciteともreadとも言わずsayと言う。自分の詩の特徴を意識しているだろう。

　この鳥が季節外れに1人で囀(さえず)り続けられるのは「歌いつつ歌わない術」を知っているから。彼は無粋な声で見たこと思うことを語るだけ。季節も生き物も否応なく衰退に向かう。青春のさなかにある者はただ青春を謳歌していればいいが、盛りをすぎたあと徐々に老いていく者はどう対処すればいいのか。

　現代の詩人はもはや19世紀の先進たちのように妙なるメロディーで歌うべき麗しい世界をもっていない。だがそれは詩を書くのをやめる理由にはならない。そこにはまだありのままの興ざめな現実を、話し言葉の口調(「意味の音」)で地道に語る──「歌いつつ歌わない」という道が残されている。what to make ofは「〜から何を作るべきか」と解することもできる。その場合、問いの答えは「詩」ということになる。

[15]　Birches(104ページ)
　　　　樺(かば)の木

　名高い作品。美しく豪奢にアメリカの自然を描く詩といえばこれが1番かもしれない。Birches は細くしなやかな幹をもち、白い樹皮は紙のように剥がれる。1913-14 年に英国で書かれ、第3詩集『山間の地』所収。ブランク・ヴァース。

　結局のところ「地上を離れる」とは、しばらく窮屈な集団生活、社会生活を離れて孤高の心境にひたること、余裕をもって苦しい下界の生活を振り返ってみること、あるいは純粋な想像や美の世界に移り住むことで、うっとうしい現実から一時的に解放されること、息抜きをすることを暗示しているようだ。

[16]　The Cow in Apple Time(112ページ)
　　　　りんごの季節の牝牛(めうし)

　とぼけたような、しかし深刻な農場生活の一こま。研究者の間ではいろいろ無理のある象徴的解釈(例えば近代生活への批判、など)が行われているが、これは文字通り飼い主を困らせる牝牛の奔放な行動の描写と見る方が面白いだろう。フロストがイギリスに渡ってから書かれ、第1詩集『若者の心』に収められた(のち『山間の地』(1916)にも再録)。

　語り手は牝牛の突飛な振る舞いに頭をかかえているように見えるが、たっぷりりんごの実が熟するこの甘い季節を、牝牛と共に喜んでいるのかもしれない。牝牛の行動にも一理は

あり、その不敵な態度はユーモラスでさえある。

[17] 'Out, Out—'(114 ページ)
「消えろ、消えろ……」

ショッキングな終わり方をする作品。第3詩集『山間の地』(1916)に収められた。フロスト85歳の誕生日を祝うニューヨークのパーティ(1959年)で、コロンビア大学教授で批評家のライオネル・トリリングがフロストを「ぞっとさせる詩人」と呼んで物議をかもした(*Robert Frost: A Collection of Critical Essays*, p. 156)。そのとき彼は詩「意図」Design や「砂漠の地」Desert Places などと共に、この作品を思い浮かべていたのかもしれない。

形式は、フロストが得意とするブランク・ヴァース。タイトルの「「消えろ、消えろ ── 」」'Out, Out—' は、シェークスピアの劇『マクベス』第5幕第5場の有名なせりふから。タイトルの引用符(' ')は、それが引用であることを示す。

実際に起こった悲劇を題材にしたもので、あまりにも話が暗いので、フロスト自身は朗読会でこの詩を決して読もうとはしなかったという。

[18] The Witch of Coös(118 ページ)
コーアスの魔女

「魔女」といっても17世紀にセイレムであったように、社会を乱す邪悪な存在として、裁判で処刑されることもない。

しかしその後も、自分で名乗り出ることは珍しいが、周りからそのように疑われ、認められているような一匹狼の女性(そして若干の男性)もいるのは確かだ。彼らの(想像される)活動は主として古代異神の信仰、心霊術、呪術、自然崇拝、薬物学。この詩の原話は土地の言い伝えのようだが、特定されてはいない。フロストによれば、この女性は「本物の魔女」で、「甘く見てはならない」(*American Literature*, Jan. 1948)という。

*Poetry*誌に載ったのは1922年。ジャレルはフロスト最高作の筆頭に挙げている(*Poetry and the Age*, p.37)。この詩と「グラフトンの貧民魔女」The Pauper Witch of Grafton が、のちまとめて「2人の魔女」Two Witches と題して1923年に第4詩集『ニュー・ハンプシャー』に収められた。

ただしこれは正面から魔女を扱う話というより、ボッカチョの『デカメロン』やチョーサーの『カンタベリー物語』などを思わせる奇抜な艶笑譚の傑作として読む方が、ずっと面白い。妻の浮気とそれにまつわる殺人、殺された恋人の骸骨の移動という恐ろしくも滑稽な情景など、下世話な話題には事欠かない。作者にはこうした芸もあるのだ。形式はブランク・ヴァース。

[19]　Fire and Ice(136ページ)
　　　火と氷

この世が終わりを迎える2つのやり方をわずか9行の短詩で書き留めた、フロストには珍しい警句的な作品。ぎりぎり

まで切り詰めた語彙は、ほぼすべて単音節語。

　弱強4歩格を主体に、ところどころに弱強2歩格を交えている。脚韻は *aba*a*bcb*cb(同語の反復を含む、イタリックスは同語)。第4詩集で、初めてピュリツァー賞を受けた『ニュー・ハンプシャー』(1923)に収められている。

[20]　Dust of Snow(138 ページ)
　　　雪の粉(こな)

　俳句のように軽妙な味わいをもち、ワン・センテンスからなるこの短詩は、ほぼ単純な単音節語でできている。イマジズムの影響があるかもしれない。韻律は弱強2歩格4行2連、脚韻は abab; cdcd。1920年と1921年に英米の雑誌に出たあと、第4詩集『ニュー・ハンプシャー』に載った。評者たちは、からすの「やり方」が意図的だったかどうか、その態度を問題にする。だが、からすをむりに擬人化する必要はない。共に生きる自然の一部に過ぎないのだ。

[21]　Nothing Gold Can Stay(140 ページ)
　　　金色は長く持たない

　若葉も生え初めの柔らかなうちはふつうの緑色ではなく、意外にも初々しい金色で、葉というよりまるで花だ。だがそれはつかの間に見慣れた葉の色に変わってしまう。金は貴重品の中の貴重品、金色は最も高貴な色だが、それはあまり長持ちせず、すぐ消えてしまう。詩はそうした意外な「発見」

を、世のあらゆる事象に一般化している。頭韻の豊かなため息のような作品。

詩集『ニュー・ハンプシャー』(1923)所収。弱強3歩格8行の2行連句で、脚韻は aabbccdd。

[22]　Stopping by Woods on a Snowy Evening(142ページ)
　　　雪の夜、森のそばに足を止めて

フロストの詩でもとりわけ世に知られ、アメリカでは教科書や詞華集で「誰もが」知っている作品だろう。1923年に発表され、同年に第4詩集『ニュー・ハンプシャー』所収。

韻律は弱強4歩格で、第1行の Whóse wóods と第4行の fill úp の強強格などを除けば、詩はすべて几帳面に(子供の歌のように軽く調子よく)弱強格を押し通している。語彙もシンプルで、ほとんどが単音節語だ。凝りに凝った脚韻も、聞く耳には催眠的な単調さを印象づける。すなわち脚韻構成は aaba; bbcb; ccdc; dddd。各連の第3行で孤立した脚韻語が、次の連では主役を占める。この形式は、堂々めぐりをしながら前進し、同一韻の続く最後の連で静止するという印象を与える。

語り手は「美しい」森をただうっとり眺めていただけではなく、それを「暗く、深い」と言う。暗い森の奥に入って、降りしきる雪に埋もれたいという誘惑に駆られたのかもしれない。

フロストの回想によれば、デリー農場時代は生活が苦しく、とくにある冬は「気候的にも経済的にも惨憺たるものだっ

た」。クリスマスが近づいたのにその準備もおぼつかない。思い余って、農場の産物を荷馬車に積んで遠い市(いち)に出かけたが、何も売れなかった。帰り道で今年は子供たちにプレゼントもしてやれないことに思い当たり、暗い森のそばで立ち止まって、大声で泣いた。それから馬の鈴にはっとして気を取り直し、帰路についたという(*Frost: Centennial Essays III*, ed. Jac Tharpe, University Press of Mississippi, 1978, pp. 175-177)。181頁のコラムを参照。

[23]　The Onset (146 ページ)
　　襲来

　Onsetは例年の雪の「襲来」を言うが、ある日思いがけず人を見舞う「死」の襲来をも暗示する。人生に課せられた任務を最後まで果たさず、何1つ善行を積むことも(悪と戦うことも)ないまま不意に最期(さいご)を迎えた人の狼狽——縮み上がるような恐怖、二度と立ち直れないような絶望感。

　弱強5歩格の2行連句詩行(ただし第9-11行は3行韻)。詩は2つの連に分かれ、第1連はワン・センテンスからなる。

　1921年、雑誌に発表されたあと、第4詩集『ニュー・ハンプシャー』(1923)に収められた。

　第1連はすべて現在時制でとつぜんの雪(=死)の到来とその恐怖を語り、第2連は未来形で春の到来とその喜びをうたっているようだ。だがよく読むと、事はそう単純ではない。

　ブラウアーによれば、第2連にはやっと春が来たという嬉しさや自然の蘇りの歓びが感じられず、むしろ冬を生き抜く

ことの困難さを暗示しているようだ。小鳥の歌は聞こえず、代わりにアマガエルが「があがあと鳴く」(R. Brower, *The Poetry of Robert Frost: Constellations of Intention*, p. 97)。

　語り手はやがて恐怖の冬が去っても、ただ手放しで浮かれることはできない。自然の蘇生力を信じて過酷な冬をひたすら耐え抜いたあと、やっと春が来たとしても、それですっかり安心することはできそうにない。なぜなら冬があまりに厳しかったから──春にも終わりがあり、またやがて厳しい冬が来るからだ。第2連の春の風景に見え隠れする白い雪の名残りは、激痛や大病のあとに残る痛みの記憶、いわばすさまじい恐怖のあとのしびれの感覚に近いものではないだろうか。

[24]　To Earthward (150ページ)
　　　　大地に向かって

　フロストが年を経るに従って、甘美でロマンチックなものに満足せず、地道だがリアルなもの、本物だが苦いものに惹かれるようになっていったいきさつを語る。雑誌発表と同年に、第4詩集『ニュー・ハンプシャー』(1923) に収められた。

　語彙のほとんどを単音節語が占める。〈弱強3歩格3行＋弱強2歩格1行〉の4行8連。脚韻構成はabab。このシンプルな形式のなかで、極限にまで削ぎ落された表現が濃密で細やかな連想を誘い、リズムやトーンが自在な変化を示す。

　第17-19行の Now no joy but lacks salt / That is not dashed with pain / And weariness and fault は、否定に否定を重ねるフロストらしい構文。レイセムは、第17行の but 以下と

第18行の That 以下が並列的に joy にかかると解して、salt の直後にコンマを置くが(*The Poetry of Robert Frost*, ed. Edward Connory Lathem, Rinehart and Wilson, 1969, p. 227)、この修正は論理的に成り立たない。なお前後の調子の変わり目となる第17行は、強勢音を畳みかける強い断定の口調(Nów nó | jóy but | lácks sált)。

　手の痛さは自分の住処(すみか)である地球の手荒い地面を痛感させるが、語り手はまだそれだけでは満足できない。もっと積極的に自分が重力で地表に押さえつけられて、その力に抵抗しながら生きているという現実を実感したい。地上は泥臭く荒っぽく苦しみや悲しみに満ちているが、それが人間の住む場所であり、その苦い「甘さ」をかみしめることが、人の生き甲斐なのだ。

[25]　Two Look at Two (156 ページ)
　　　二者が二者を見る

　ここに登場する2人は登山家というよりも、自然を愛し、山や森を歩いて未知の自然に触れることを大きな喜びとする人々だ。詩は第4詩集『ニュー・ハンプシャー』に収められた。詩形はブランク・ヴァース。

　男女の相思を思わせるような第1行冒頭の Love「愛」は、何よりも自然への愛を意味しているようだ。その愛のせいで、もう夜も近いのに危険な山歩きを続けそうになったのだとすれば、第1行の forgetting は「我を忘れること、前後をわきまえないこと」(= forgetfulness)を意味するだろう。この2

語についてはさまざまな解釈が見られる。

[26] The Need of Being Versed in Country Things(162ページ)
田舎の事情に通じる必要

田舎のどこにでも起きている悲しい事態。昔ながらの農村生活は近代化につれてどんどん消えていく。しかし自然が人間に共感してその事態を嘆いているとか、過去を思って泣いているなどと、感傷的に受け取るのは早合点だ。

第4詩集『ニュー・ハンプシャー』(1923)の巻末に、特にイタリックス(斜字体)で掲載された。弱強4歩格4行の6連をつらねたもので、脚韻構成はabcb。

田舎の実情をよく知っていれば、その無残な変化や消失をよくある事実として静かに受け止めこそすれ、いちいち嘆くことはない。鳥たちが過去を思って泣いているなどと思うのは、都会の人間たちの勝手な思い込みだ。だが最後の2行の口調からすると、盛んだった昔を知る語り手は、荒れたまま放置された農場のありさまを、心の底では悲しんでいるのかもしれない。

[27] Spring Pools(166ページ)
春のたまり水

四季の移り変わりに対する人間のやみ難い哀惜の情とその無力さをめぐって、夢のようにはかなく美しい自然の一こまを描き出す傑作。第5詩集『西に流れる小川』(1928)に収め

られた。韻律は変化の妙をつくす美しい弱強5歩格、6行2連で、各連はワン・センテンスでできている。脚韻構成はaabcbc。

いま消滅の危機にさらされているこれらの美しい池水や花々は、まだようやく解けて間もない雪から生まれたばかりだ。だとすれば、やがてその水がたくましい木々に吸い上げられて、まわりの花と共に姿を消し、暗い森に変わっていくのは、否応なしに進行する自然の循環なのだ。語り手はそのことを十分に承知していながら、天地のすべてが静かな調和を保っている今この瞬間のはかない美しさを惜しまずにはいられない。

[28]　Bereft(168ページ)
　　　取り残されて

天涯孤独の身の無力感と、ぞくぞくするような心細さ。

1927年に雑誌に発表され、翌年第5詩集『西に流れる小川』に収められた。しかし書かれたのは30数年前の1893年、ごく初期の詩に属する。珍しい強弱3歩格で、強弱弱格の脚を含み、どの行にも行末欠節がある。脚韻構成は異例のaaaa; abba; ccdd; dede。冒頭でaが5行も続いて呪文のような催眠効果を発揮し、第8行にもaが再出する。

ひよわな老人が書いたようなこの詩は、フロストのごく若いころの作品で、のちに妻となるエリナーとともに夏を過ごしたあと、彼女が大学に戻って行ったときに作られた。そのときの痛切な喪失感を反映しているかもしれないが、詩のタ

イトルともども、何かもっと深刻な孤立感を匂わせる。

[29]　Tree at My Window(170 ページ)
窓辺(まどべ)の木

　珍しく親しみを込めて自然の一部に呼びかけているが、フロストが素朴に自然を人間になぞらえることはない。1927年に発表、第 5 詩集『西に流れる小川』(1928)に収められた。デリー農場に住んだ昔を 20 年後に回想している。韻律は〈弱強 4 歩格 3 行＋弱強 2 歩格 1 行〉の 4 行 4 連。弱弱強格の代入が多い。脚韻構成は abba。テニソンの代表作にちなむ In Memoriam Stanza に近いが、第 4 行だけが 2 歩格と短い。

　語り手を襲う嵐は内心の苦悩だから、木が窓からのぞき込めば、語り手は夢にうなされて身もだえしていると見えるかもしれないし、あるいはおとなしく寝ているだけに見えるかもしれない。それでも木は語り手の寝姿を、見るには見たのだ。

　デリー農場に住む直前からイギリスに渡るまで、フロストは悪夢の種に事欠かなかった。3 歳の長男エリオットをコレラで、母イザベルを癌で亡くし、農場を買い与えてくれた祖父ウィリアムの急死に遭った。うつ状態で、夜は不眠症と悪夢に悩まされながら、詩を書いていた。

[30]　Acquainted with the Night(174ページ)
　　　　夜に馴染(なじ)んで

　繰り返しの多い歌うような調子で、夜の都会とその郊外をさまよう孤独な歩行者の、この世に居場所もないような冷え冷えとした心境を歌う。詩集『西に流れる小川』(1928)所収。

　弱強5歩格のテルツァ・リーマ・ソネット。テルツァ・リーマ(三韻句法)はダンテが『神曲』に用いた連の形で、英語では弱強5歩格の3行連。テルツァ・リーマ・ソネットは三韻句法の3行連句を4つ連ね、あとを2行連句で締めくくって14行とする。テルツァ・リーマの連鎖性とソネットの堅固な構成感を兼ね備える。脚韻構成は aba; bcb; cdc; dad; aa。

　The time is not right は、何か行動を起こそうというとき、「今はまだその時機ではない」という意味に使われる。eg. The time is not right for us to go back yet「まだわれわれが帰る時ではない」。だが光る「時計」は the time is neither wrong nor right と告げるのみで、それが何の「時機」かわからない。

　そのため right と wrong という語は、今の時世が「正し・い」、あるいは「間違っ・ている」というより広い(倫理的な)意味をも帯びる(こんな時間に外をほっつき歩くことの罪悪感も含まれているかもしれない)。この時計がもし月ならば、月は遥かな高みから冷たく下界を見下ろして、人間の生きがいや善悪の判断などは、宇宙の関知するところではないと言うだろう。それが時計塔の時計であれば、夜の果てに遠く光

る機械は、寒々とした人生に何の指針も慰めも与えてくれないだろう。

[31]　Desert Places(178 ページ)
　　　砂漠の地

　トリリングによれば、フロストが誰より愛されているのは、古代ギリシャの悲劇作家ソフォクレスのように「人生のぞっとするようなあれこれをはっきり見せてくれるからだ」(*Robert Frost: A Collection of Critical Essays*, p. 158)。フロストの最も「こわい」詩の1つだろう。

　1934年に発表され、第6詩集『向こうの山並み』(1936)に収録された。弱強5歩格で脚韻構成は aaba; ccdc; ee*be*; ffgf (4行4連)。詩「雪の夜、森のそばに足を止めて」Stopping by Woods on a Snowy Evening と好一対をなす。両者は同様に雪の夕暮れを語っていながら、リズムや気分の上で対照的だ。「雪の夜」は弱強4歩格で、脚韻構成が似通っているが、各連第3行の脚韻語が次の連の脚韻の主役を務めているのに対して、ここでは第3行が、押韻の相手もなく孤立している(b の *snow* が第11行で繰り返されている)。

　第1行の Snów (is) fál | ling and | níght (is) fál | ling fást, | óh, fást には、「強強拍」の脚が3つもあり(強強 | 弱弱 | 強強 | 弱強 | 強強)、falling と fast の語がせかせかと繰り返されて、何かに追われているような不安と動揺にみちたリズムが刻まれる。主動詞の is が省かれているので、さらに切迫感が強められる。

猛吹雪と夜が大地を襲い、あたりの生気をかき消していくのにつれて、「私」は頭も魂もからっぽになって、その風景に注ぎ込み付け加えるべき何物もない。存在がゼロになったのだ。宇宙や自然の人間への無関心、身も蓋もない冷淡さ、人間の孤立と底冷えしそうな虚しさ——退屈な抽象論になりがちな「生きることの不条理」の実感を、人間くさい日常語で伝える。

[32]　A Leaf Treader (182ページ)
落葉踏み

　落葉踏みは農作業の一部で、土壌改良に用いる堆肥(たいひ)を作るため、落葉を集めて囲いの中で踏み固め、土や肥料などと混ぜて発酵腐熟させる。

　1935年初出で、第6詩集『向こうの山並み』(1936)所収。長々しくペースの遅い弱強7歩格という珍しい韻律で、疲れ果てて1行ごとにため息をつくような「意味の音」が聞かれる。脚韻構成は単純な2行連句の aabb... で、どの行も行末留め。

　1年分の落葉踏みが終わっても、やがて次なる年の雪が積もる。いずれは自分にも落葉と同じ運命が訪れるだろうが、それまでは力強く歩き続けなければならない。疲れて膝ががくがくしても、しっかり雪を踏みしめるため、元気に膝を上げるのだ。

[33]　Neither Out Far Nor In Deep（186ページ）
　　　広くもなければ深くもない

　トリリングはこれこそ「われらの時代のもっとも完璧な詩」(*Robert Frost: A Collection of Critical Essays*, p. 157) と思われるという。1934年に発表、第6詩集『向こうの山並み』(1936)に収められ、時とともにだんだん評価が高まった。韻律や語彙は極度に単純化されているが、語調やイメージに含みが多い。韻律は弱強3歩格で、波のうねりを感じさせる。脚韻構成は abab。

　人々は、神秘に満ちた海の向こうにこそ人生や存在の謎を解く鍵があると思い込んでいる —— 詩人や思想家や宗教家が俗悪な地上を離れ、天空の彼方に思いを馳せるように。それは賢明なやり方なのか。

　いくら海を眺め思いにふけっても、人間の目の届く範囲は限られている。世界の真理を探るのなら、身近で複雑な地上のありさまを振り返ってみる方が、よほど実際的だろう。

　ただしこの詩は必ずしもそうした人々の愚かさをあざ笑い、皮肉を浴びせかけているわけではない。こんな寒々とした状況のなかに置かれながら、なぜか遠くに思いを馳せずにはいられない人間 —— そこに真理を見つけようとしている人間の健気さ、絶望的な孤独さを暗示しているのかもしれない。

[34]　Design(190 ページ)
　　　　意図

　これがフロストのベスト、またはアメリカ詩の最高傑作だという評者もいる。トリリングは「いったいこれを読んだあと、少しでも寝つきがよくなるだろうか」と問う(*Robert Frost: A Collection of Critical Essays*, p.157)。1922 年に発表、大幅な手直しと共に第 6 詩集『向こうの山並み』に収録された。

　フロストが愛読したアメリカの心理学者・哲学者ウィリアム・ジェイムズの『プラグマティズム』(1907)によれば、「起源のまちまちな事物がそうして互いにぴたりと当てはまることは、そこに意図があることを示し、その設計者(意図の立案者)はつねに、人類を愛する神だと見なされてきた」(第 3 講義「自然における意図(design)の問題」)。『ハムレット』第 5 幕第 2 場によれば、「1 羽の雀が空から落ちるのにも、格別の神意が働いているのだ」(「マタイ伝」10: 29 にもとづく)。

　弱強 5 歩格、脚韻構成は *a*bba; abba; *a*caa; cc で、わずか 3 種類の脚韻で切りまわされている)。末尾が 2 行連句で締めくくられるシェークスピア風ソネット。

　『マクベス』第 4 幕第 1 場に現われる 3 人の魔女たちは「蛙の指にいもりの目、こうもりの毛に犬の舌」などを煮込んでスープを作る。白い蜘蛛と蛾と万病草の奇怪な組み合わせは、そうしたまがまがしいスープの材料に譬えられている。

　なだらかなリズムで語られる道端のささやかな光景が、異様な展開を見せる。白い万病草の上に太った白い蜘蛛がいて、

白い蛾を持ち上げている。「太って白く、えくぼがある」という形容詞は、すぐに健康な赤ん坊を連想させるが、黒いはずの蜘蛛が真っ白でえくぼがあるというのは、逆に不気味でしかない。この詩の比喩は、すべて like「～のような」をともなう直喩で、異物どうしを強引につなぎ合わせている。

　奇怪な3者の符合は、神のような存在の意図としか考えられない。神は人を愛するだけではなく、邪悪な意図を抱くこともできるのだろうか。それとも人をからかう神の悪戯(いたずら)なのか。

　だが実はもっとこわいのは、その裏に意図も目的もなく、ただの行きあたりばったり、何の謂(いわ)れもない偶然の連鎖があるだけかもしれないという疑いだ。

[35]　Come In (192 ページ)
　　　　お入り

　暮れ方の暗い森の奥から聞こえてくる鳥の鳴き声に惹かれて、まるでその鳥が「お入り」と言っているかのように、自分もつい森の中に誘われそうになる。

　68歳で刊行した第7詩集『証(あか)しの木』(1942)に収められた。韻律はバラッド律(弱強4歩格と3歩格が交代する4行連)に似ているが、弱強3歩格と2歩格とが交代する4行連(弱強格がたびたび弱弱強格になる)で、もっと短い。脚韻構成は abcb。

　ブロツキーによれば、語り手はこの鳥と同様、まだ明るいうちにもっと居心地のいい止まり木に移っておけばよかった

のに、今となってはより望ましい来世を願って止まり木を変える(例えば急に信仰の道に入る)こともできず、秘かに闇と死に惹かれているという(*Homage to Robert Frost*, pp. 14-15)。

　だが似たテーマに触れる多くの詩を見る限り、フロストはむしろ死と生の間を揺れ動くのを常とする。

[36]　The Most of It(196 ページ)
　　　せいぜいのところ

　読者を一気にぐいぐいと引きずっていくような、リアルで鮮烈な寓話。あざやかな表現と描写で、人間と自然との隔たり、自然の側の徹底的な無関心というフロストのテーマが、すさまじい迫力で展開される。第7詩集『証しの木』(1942)に掲載された。韻律は弱強5歩格、韻律構成は ababcdcdefef...。

　たくましい牡鹿の出現は、「彼」があげた叫びへの答えでも反応でもなかった。彼の「愛」に応えるもう1人の人間などいなかったし、自然は彼の願いなど相手にもしていない。思いがけず目の前に現われた牡鹿は彼の存在を気にも留めず、そもそも気づいてさえいない。189頁のコラムを参照。

(詩 Spring Pools「春のたまり水」166 頁を参照)

ロバート・フロスト年表

1874 3月26日、Robert Lee Frost サンフランシスコに生まれる(Robert Lee は父の好きだった南軍の将軍の名)。父は東部ニュー・ハンプシャー州の出でハーバード大卒の William Prescott Frost Jr.。母はスコットランド出身のスウェーデンボルグ神秘説信奉者 Isabelle Moodie。

1882 2月、神経性の胃痛により学校を中退。自宅で教育を受ける。

1884 父の選挙運動を手伝う。落選。

1885 5月5日、父が結核で死去。一家は父の故郷マサチューセッツ州ロレンスに移る。学校に戻る。

1886 ニュー・ハンプシャー州セイレム・デポに転居。母は教師をつとめる(2年後に辞任)。

1890 母がマサチューセッツ州メシュエンで教え始める。

1892 Lawrence High School を首席で卒業。同じく卒業生総代の Elinor Miriam White (1872年生まれ)と婚約。Dartmouth College に入学するも、2年後に中途退学。St. Lawrence University に通うエリナーに結婚を迫るが、彼女は卒業にこだわる。生涯の愛読書、Francis Turner Palgrave 編の抒情詩選 *Golden Treasury of Songs and Lyrics* を入手。

1895 12月19日、エリナーと結婚。

1897 Harvard College に入学。

1899	3月31日、生来の虚弱と妻の妊娠、母の健康を気遣ってハーバード大学を退学。祖父 William Prescott Frost の援助でメシュエンで養鶏場をいとなむ。
1900	7月8日、長男 Elliot がコレラで死去(3歳)。妻は深刻なうつ状態に陥る。一家は祖父に買ってもらったニュー・ハンプシャー州デリーの養鶏農場に移住。11月2日、母イザベルが癌で死去。
1901	7月10日、祖父が死去、農場と年金をフロストに遺贈。彼は農作業のかたわら、夜は台所で詩作にはげむ。
1906	デリーの Pinkerton Academy に教職を得る。
1907	6月18日に生まれた娘を、3日後に失う。すでに1男2女あり。優秀教師として認められる。
1911	Plymouth Normal School に教職を得て、一家はニュー・ハンプシャー州プリマスに移住。デリー農場を売却。
1912	8月23日、教職を辞し、一家を挙げてイギリスに渡り、ロンドン北方のバッキンガムシャー州ビーコンズフィールドに小さな家を借りる。
1913	パウンド、イェイツらの文人に会う。エッセイスト Edward Thomas と出会って親交を結ぶ。4月1日、第1詩集『若者の心』*A Boy's Will* 出版。
1914	グロスターシャー州ダイモックに転居。5月15日、第2詩集『ボストンの北』*North of Boston* 出版、好評を得る。トマスはフロストのすすめで詩を書き始める。

1915	2月23日、海路ニューヨークに戻る。2月20日、『ボストンの北』アメリカ版出版、好評を得る。ニュー・ハンプシャー州フランコニアに農場を購入。近隣の諸州で講演会、朗読会を開き始める。
1916	11月27日、第3詩集『山間の地』*Mountain Interval* 出版。マサチューセッツ州の Amherst College に教職を得る。
1917	アマーストに転居。4月9日、友人トマスがフランスで戦死。
1920	2月、アマースト・カレッジを辞職。妹 Jeanie Florence がメイン州オーガスタの精神病院に収容される。フランコニアの地所を売って、りんご園をいとなむべく、バーモント州サウス・シャフツベリーに農場を購入。
1921	講演会、朗読会が続く。10月、University of Michigan のフェロー(特別研究員)としてミシガン州アナーバーに赴任。
1923	3月15日、『詩選集』*Selected Poems* 出版。アマースト・カレッジに教授として復帰。11月15日、第4詩集『ニュー・ハンプシャー』*New Hampshire* 出版。
1924	5月、詩集『ニュー・ハンプシャー』に対してピュリツァー賞を受ける。ミシガン大学の終身フェロー職を受諾。11月、アナーバーのミシガン大学に単身赴任。
1926	アマースト・カレッジの終身非常勤教授職を受諾。
1928	11月19日、第5詩集『西に流れる小川』*West-Run-*

ning Brook 出版。
- 1929 9月7日、妹ジーニー精神病院で死去。
- 1930 11月、『全詩集』*Collected Poems* 出版。
- 1931 『全詩集』に対してピュリツァー賞を受ける。
- 1932 2月、アマーストに購入した家に移る。
- 1934 5月2日、次女 Marjorie が産褥(さんじょく)熱で死去。
- 1936 ハーバード大学の Charles Eliot Norton 教授職を受諾。5月20日、第6詩集『向こうの山並み』*A Further Range* 出版。
- 1937 『向こうの山並み』に対してピュリツァー賞を受ける。
- 1938 3月20日、妻エリナーが心不全で死去。6月、アマースト・カレッジの職を辞し、家を売ってサウス・シャフツベリーに戻る。10月、ボストンのアパートメントに移る。
- 1939 『全詩集』*Collected Poems* の増補版刊行。
- 1940 次男 Carol 銃で自殺。
- 1942 4月23日、第7詩集『証(あか)しの木』*A Witness Tree* 出版。
- 1943 詩集『証しの木』に対してピュリツァー賞を受ける。
- 1947 5月28日、第8詩集『シモツケ』*Steeple Bush* 出版。8月、長女 Irma ニュー・ハンプシャー州コンコードの州立精神病院に収容される。
- 1949 アマースト・カレッジの文学講師に復帰。5月30日、『ロバート・フロスト全詩集1949』*Complete Poems of Robert Frost 1949* 出版。
- 1954 80歳の誕生祝賀会が諸方で催される。

1957　親善使節として久しぶりにイギリスを訪問。ロンドンで催された晩餐会のスピーチで、T・S・エリオットから、ニュー・イングランドのフロストは〈フィレンツェのダンテ、ウォリックシャーのシェークスピア、ラインラントのゲーテ〉に比せられる。

1958　2月27日、アイゼンハワー大統領にホワイトハウスに招かれる。

1961　1月20日、ケネディ大統領の就任式に招かれて、自作の詩「惜しみない贈り物」The Gift Outright を朗誦する。

1962　3月26日(誕生日)、第9詩集『森の開拓地で』*In the Clearing* 出版。8月、ケネディ大統領の要請で文化交流使節としてソ連を訪問、フルシチョフ首相と語り合う。

1963　1月29日深夜、肺塞栓症により死去。

おわりに

　この『フロスト詩集』は対訳「アメリカ詩人選」の4冊目に当たる。尊敬する亀井俊介さんの『ディキンソン詩集』もシリーズの中に入っている。早く原稿を出すようにと催促をいただいた時からもすでに10年近くになるから、そもそもご注文をお受けしたのは何年前のことだろうか。この本の原稿は2015年から2016年にかけて、朝日カルチャーセンター新宿でフロストを講じたときに作成した詳細な資料をもとにしている。そのとき熱心に聞いてくださった受講者の皆さんに感謝したい。

　詩句の微妙な解読や評釈については、できるだけ広く英語や日本語の諸書を参照したが、最終的にはあくまでも自分自身が納得するかどうか、自分の胸にぴったりくるかどうかを基準とした。自分で得心がいかないことは、何も書いていないつもりである。またフロストの鮮やかな英語表現のリズムや音、イントネーション、ニュアンスなどを、そっくり日本語で再現することは望めないが、邦訳では曲がりなりにも原作の口調を読者に伝えるように心がけた。

　2016年の7月初め、私は思いがけず入院し、8月の終わりにぶじ退院したが、おかげで病床のつれづれの時間をたっぷり使うことができ、本書が完成するきっかけとなった。ここに大幅な遅延をお詫びするとともに、辛抱強く原稿の完成を待ってくださった代々の担当者、平田賢一、山腰和子、小口

未散、村松真理、清水愛理の諸氏に心からお礼を申し上げる。

フロストを読み味わうのに大いに助けられた本や評論、伝記や論文は少なくない。ただし、日本ではなかなかお目にかかれないのに対して、アメリカやイギリスでは、むしろ数えきれないほど多く出版されている。もっとも、とくにアメリカでは、フロストをイギリスの諸天才に比肩しうる大詩人にぜひとも仕立て上げたい(実際にそうなのだが)という気概がつい先立って、不必要に難解な表現や引用を多く交えたり、ギリシャ・ローマやイギリスの有名詩人たちを引き合いに出すものが多く見受けられる。もちろん聖書やアメリカ生え抜きの文人・思想家、エマソンとソローへの言及も目立つ。

ここにそれらすべてを挙げるだけの余裕はないが、とくにお世話になったごく一部だけを、感謝とともに示しておきたい。

詩の底本は、

Frost: Collected Poems, Prose, & Plays, The Library of America, 1995

である。

またニュー・イングランド独特の風景・風俗を伝える美しい挿絵は、John O'Hara Cosgrave II によるものである。

英国で出版された選集には、

Robert Frost: Selected Poems, ed. Ian Hamilton, Penguin Books, 1973.

解説付き入門書では、

The Road Not Taken: A Selection of Robert Frost's Poems, ed. Louis Untermeyer, Henry Holt and Company, 1951

(Cosgrave 挿絵入り).

Robert Frost: Selected Poems(Oxford Student Texts), ed. Steven Croft, Oxford University Press, 2011.

Lea Newman, *Robert Frost: The People, Places, and Stories Behind His New England Poetry*, 2nd ed., Shires Press, 2013.

伝記としては、悪名は高いが膨大で詳細をきわめる不可欠な3部作、

Lawrance Thompson, *Robert Frost: The Early Years, 1874-1915*, Holt, Rinehart and Winston, 1966.

―――, *Robert Frost: The Years of Triumph, 1915-1938*, Holt, Rinehart and Winston, 1970.

Lawrance Thompson and R. H. Winnick, *Robert Frost: The Later Years, 1938-63*, Holt, Rinehart and Winston, 1976.

上記の見方を修正する試みには、

William Pritchard, *Frost: A Literary Life Reconsidered*, Oxford University Press, 1984.

Stanley Burnshaw, *Robert Frost Himself*, George Braziller, 1986.

Jay Parini, *Robert Frost: A Life*, Pimlico, 2001.

評論・研究には、

Randall Jarrell, "Two Essays on Robert Frost", *Poetry and the Age*, Faber and Faber Limited, 1973[55].

James M. Cox, ed., *Robert Frost: A Collection of Critical Essays*(*Twentieth Century Views*), Prentice-Hall, Inc., 1962.

Reuben A. Brower, *The Poetry of Robert Frost: Constella-*

tions of Intention, Oxford University Press, 1963.

Richard Poirier, *Robert Frost: The Work of Knowing, with a new Afterword*, Stanford University Press, 1990[77].

Joseph Brodsky, Seamus Heaney and Derek Walcott, *Homage to Robert Frost*, faber and faber, 1997.

便利なフロストの伝記・作品辞典には、

Nancy Lewis Tuten and John Zubizarreta, eds., *The Robert Frost Encyclopedia*, Greenwood Press, 2001.

対訳 フロスト詩集――アメリカ詩人選(4)

2018年8月17日　第1刷発行
2024年6月14日　第3刷発行

編　者　川本皓嗣

発行者　坂本政謙

発行所　株式会社 岩波書店
　　　　〒101-8002 東京都千代田区一ツ橋2-5-5

　　　　案内 03-5210-4000　営業部 03-5210-4111
　　　　文庫編集部 03-5210-4051
　　　　https://www.iwanami.co.jp/

印刷・精興社　製本・中永製本

ISBN 978-4-00-323431-0　Printed in Japan

読書子に寄す
―― 岩波文庫発刊に際して ――

真理は万人によって求められることを自ら欲し、芸術は万人によって愛されることを自ら望む。かつては民を愚昧ならしめるために学芸が最も狭き堂宇に閉鎖されたことがあった。今や知識と美とを特権階級の独占より奪い返すことはつねに進取的なる民衆の切実なる要求である。岩波文庫はこの要求に応じそれに励まされて生まれた。それは生命ある不朽の書を少数者の書斎と研究室とより解放して街頭にくまなく立たしめ民衆に伍せしめるであろう。近時大量生産予約出版の流行を見る。その広告宣伝の狂態はしばらくおくも、後代にのこすと誇称する全集がその編集に万全の用意をなしたるか。千古の典籍の翻訳企図に敬虔の態度を欠かざりしか。さらに分売を許さず読者を繋縛して数十冊を強うるがごとき、はたしてその揚言する学芸解放のゆえんなりや。吾人は天下の名士の声に和してこれを推挙するに躊躇するものである。このときにあたって、岩波書店は自己の責務のいよいよ重大なるを思い、従来の方針の徹底を期するため、すでに十数年以前より志した計画を慎重審議この際断然実行することにした。吾人は範をかのレクラム文庫にとり、古今東西にわたって文芸・哲学・社会科学・自然科学等種類のいかんを問わず、いやしくも万人の必読すべき真に古典的価値ある書をきわめて簡易なる形式において逐次刊行し、あらゆる人間に須要なる生活向上の資料、生活批判の原理を提供せんと欲するこの文庫は予約出版の方法を排したるがゆえに、読者は自己の欲する時に自己の欲する書物を各個に自由に選択することができる。携帯に便にして価格の低きを最主とするがゆえに、外観を顧みざるも内容に至っては厳選最も力を尽くし、従来の岩波出版物の特徴をますます発揮せしめようとする。この計画たるや世間の一時の投機的なるものと異なり、永遠の事業として吾人は微力を傾倒し、あらゆる犠牲を忍んで今後永久に継続発展せしめ、もって文庫の使命を遺憾なく果たさしめることを期する。芸術を愛し知識を求むる士の自ら進んでこの挙に参加し、希望と忠言とを寄せられることは吾人の熱望するところである。その性質上経済的には最も困難多きこの事業にあえて当たらんとする吾人の志を諒として、その達成のため世の読書子とのうるわしき共同を期待する。

昭和二年七月

岩波茂雄

《イギリス文学》(赤)

- ユートピア　トマス・モア　平井正穂訳
- 完訳 カンタベリー物語　全三冊　チョーサー　桝井迪夫訳
- ヴェニスの商人　シェイクスピア　中野好夫訳
- 十二夜　シェイクスピア　小津次郎訳
- ハムレット　シェイクスピア　野島秀勝訳
- オセロウ　シェイクスピア　菅泰男訳
- リア王　シェイクスピア　野島秀勝訳
- マクベス　シェイクスピア　木下順二訳
- ソネット集　シェイクスピア　高松雄一訳
- ロミオとジューリエット　シェイクスピア　平井正穂訳
- リチャード三世　シェイクスピア　木下順二訳
- 対訳 シェイクスピア詩集 ―イギリス詩人選[1]　柴田稔彦編
- から騒ぎ　シェイクスピア　喜志哲雄訳
- 冬物語　シェイクスピア　桒山智成訳
- 失楽園　全二冊　ミルトン　平井正穂訳
- 言論・出版の自由 ―アレオパジティカ　ミルトン　原田純訳

- ユウトピア 他一篇　スウィフト　深町弘三訳
- ガリヴァー旅行記　全二冊　スウィフト　平井正穂訳
- ジョウゼフ・アンドルーズ 他二篇　フィールディング　朱牟田夏雄訳
- トリストラム・シャンディ　全三冊　ロレンス・スターン　朱牟田夏雄訳
- ウェイクフィールドの牧師 ―むだばなし　ゴールドスミス　小野寺健訳
- 幸福の探求 ―アビシニアの王子ラセラスの物語　サミュエル・ジョンソン　朱牟田夏雄訳
- 対訳 ブレイク詩集 ―イギリス詩人選[2]　松島正一編
- 湖の麗人　スコット　入江直祐訳
- 対訳 ワーズワス詩集 ―イギリス詩人選[3]　山内久明編
- 高慢と偏見　全二冊　ジェーン・オースティン　富田彬訳
- ジェイン・オースティンの手紙　新井潤美編訳
- マンスフィールド・パーク　全三冊　ジェイン・オースティン　宮丸裕二訳
- エリア随筆抄　チャールズ・ラム　南條竹則編訳
- デイヴィッド・コパフィールド　全五冊　ディケンズ　石塚裕子訳
- 炉辺のこほろぎ　ディケンズ　本多顕彰訳
- ボズのスケッチ 短篇小説篇　全二冊　ディケンズ　藤岡啓介訳

- アメリカ紀行　ディケンズ　伊藤弘之・下笠徳次・隈元貞広訳
- イタリアのおもかげ　ディケンズ　伊藤弘之・下笠徳次・隈元貞広訳
- 大いなる遺産　全二冊　ディケンズ　石塚裕子訳
- 荒涼館　全四冊　ディケンズ　佐々木徹訳
- ジェイン・エア　全三冊　シャーロット・ブロンテ　河島弘美訳
- サイラス・マーナー　ジョージ・エリオット　土井治訳
- 嵐が丘　エミリー・ブロンテ　河島弘美訳
- アルプス登攀記　全二冊　ウィンパー　浦松佐美太郎訳
- アンデス登攀記　ウィンパー　大貫良夫訳
- ジーキル博士とハイド氏　スティーヴンスン　海保眞夫訳
- 南海千一夜物語　スティーヴンスン　中村徳三郎訳
- 若い人々のために 他十一篇　スティーヴンスン　岩田良吉訳
- 怪談 ―不思議なことの物語と研究　ラフカディオ・ハーン　平井呈一訳
- ドリアン・グレイの肖像　オスカー・ワイルド　富士川義之訳
- サロメ　オスカー・ワイルド　福田恆存訳
- 嘘から出た誠 他八篇　ワイルド　岸本郁夫訳
- 童話集 幸福な王子　オスカー・ワイルド　富士川義之訳

タイトル	著者	訳者
分らぬもんですよ	バァナード・ショウ	市川又彦訳
ヘンリ・ライクロフトの私記	ギッシング	平井正穂訳
南イタリア周遊記	ギッシング	小池滋訳
闇の奥	コンラッド	中野好夫訳
密偵	コンラッド	土岐恒二訳
対訳 イェイツ詩集		高松雄一編
人間の絆 全三冊	モーム	行方昭夫訳
月と六ペンス	モーム	行方昭夫訳
サミング・アップ	モーム	行方昭夫訳
モーム短篇選 全二冊	モーム	行方昭夫編訳
アシェンデン —英国情報部員のファイル	モーム	岡田久雄訳
お菓子とビール	モーム	行方昭夫訳
ダブリンの市民	ジョイス	結城英雄訳
荒地	T・S・エリオット	岩崎宗治訳
悪口学校	シェリダン	菅泰男訳
サキ傑作集		河田智雄訳
オーウェル評論集	オーウェル	小野寺健編訳
パリ・ロンドン放浪記	ジョージ・オーウェル	小野寺健訳
動物農場 —おとぎばなし	ジョージ・オーウェル	川端康雄訳
対訳 キーツ詩集 —イギリス詩人選(10)		宮崎雄行編
キーツ詩集		中村健二訳
阿片常用者の告白	ド・クインシー	野島秀勝訳
オルノーコ 美しい浮気女	アフラ・ベイン	土井 晶子訳
解放された世界	H・G・ウェルズ	浜野輝訳
大転落	イヴリン・ウォー	富山太佳夫訳
回想のブライズヘッド 全三冊	イーヴリン・ウォー	小野寺健訳
愛されたもの	イーヴリン・ウォー	出淵博訳
対訳 ジョン・ダン詩集 —イギリス詩人選(2)		湯浅信之編
フォースター評論集		小野寺健編訳
白衣の女 全三冊	ウィルキー・コリンズ	中島賢二訳
アイルランド短篇選	橋本槇矩編訳	
灯台へ	ヴァージニア・ウルフ	御輿哲也訳
狐になった奥様	ガーネット	安藤貞雄訳
フランク・オコナー短篇集		阿部公彦訳
たいした問題じゃないが —イギリス・コラム傑作選		行方昭夫編訳
薔薇国レネサンス恋愛ソネット集		岩崎宗治編訳
文学とは何か —現代批評理論への招待 全二冊	テリー・イーグルトン	大橋洋一訳
D・G・ロセッティ作品集		南條竹則編訳 松村伸一編訳
真夜中の子供たち 全二冊	サルマン・ラシュディ	寺門泰彦訳

2023.2 現在在庫 C-2

《アメリカ文学》(赤)

- ギリシア・ローマ神話 全三冊　ブルフィンチ　野上弥生子訳
- 付 インド・北欧神話　ブルフィンチ　野上弥生子訳
- 中世騎士物語　ブルフィンチ　野上弥生子訳
- フランクリン自伝　松本慎一訳・西川正身訳
- フランクリンの手紙　蕗沢忠枝編訳
- スケッチ・ブック 全二冊　アーヴィング　齊藤昇訳
- アルハンブラ物語　アーヴィング　平沼孝之訳
- ウォルター・スコット邸訪問記　アーヴィング　齊藤昇訳
- 完訳 緋文字　ホーソーン　八木敏雄訳
- 哀詩 エヴァンジェリン　ロングフェロー　斎藤悦子訳
- 黒猫・モルグ街の殺人事件 他五篇　ポー　中野好夫訳
- 対訳 ポー詩集 —アメリカ詩人選[1]　加島祥造編
- ユリイカ　ポー　八木敏雄訳
- ポオ評論集　ポー　八木敏雄訳
- 森の生活（ウォールデン）全二冊　ソロー　飯田実訳
- 白鯨 全三冊　メルヴィル　八木敏雄訳
- ビリー・バッド　メルヴィル　坂下昇訳

- ホイットマン自選日記 全三冊　杉木喬訳
- 対訳 ホイットマン詩集 —アメリカ詩人選[2]　木島始編
- 対訳 ディキンソン詩集 —アメリカ詩人選[3]　亀井俊介編
- 不思議な少年　マーク・トウェイン　中野好夫訳
- 王子と乞食　マーク・トウェイン　村岡花子訳
- 人間とは何か　マーク・トウェイン　中野好夫訳
- ハックルベリー・フィンの冒険 全二冊　マーク・トウェイン　西田実訳
- いのちの半ばに　ビアス　西川正身訳
- 新編 悪魔の辞典　ビアス　西川正身編訳
- ねじの回転・デイジー・ミラー　ヘンリー・ジェイムズ　行方昭夫訳
- 荒野の呼び声　ジャック・ロンドン　海保眞夫訳
- 響きと怒り　フォークナー　平石貴樹・新納卓也訳
- 死の谷（ノリス・マクティーグ）　フランク・ノリス　藤平育子訳
- シスター・キャリー 全三冊　ドライサー　村山淳彦訳
- アブサロム、アブサロム！ 全二冊　フォークナー　藤平育子訳
- 八月の光 全二冊　フォークナー　諏訪部浩一訳
- 武器よさらば 全二冊　ヘミングウェイ　谷口陸男訳

- オー・ヘンリー傑作選　大津栄一郎訳
- WEBデュボイス 黒人のたましい　木島始・鮫島重俊・黄寅秀訳
- フィッツジェラルド短篇集　佐伯泰樹訳
- アメリカ名詩選　亀井俊介・川本皓嗣編
- 青い炎　ナボコフ　富士川義之訳
- 風と共に去りぬ 全六冊　マーガレット・ミッチェル　荒このみ訳
- 対訳 フロスト詩集 —アメリカ詩人選[4]　川本皓嗣編
- とんがりモミの木の郷 他五篇　サラ・オーン・ジュエット　河島弘美訳

2023.2 現在在庫　C-3

《ドイツ文学》[赤]

ニーベルンゲンの歌 全二冊	相良守峯訳
若きウェルテルの悩み	竹山道雄訳
ヴィルヘルム・マイスターの修業時代 全三冊	山崎章甫訳
イタリア紀行 全三冊	相良守峯訳
ファウスト 全二冊	相良守峯訳
ゲーテとの対話 全三冊	山下肇訳 エッカーマン
スペインの才女 ドン・カルロス	佐藤通次訳 シルレル
ヒュペーリオン―希臘の世捨人	渡辺格司訳 ヘルデルリーン
青い花	青山隆夫訳 ノヴァーリス
夜の讃歌・サイスの弟子たち 他一篇	今泉文子訳 ノヴァーリス
完訳 グリム童話集 全五冊	金田鬼一訳
黄金の壺	神品芳夫訳 ホフマン
ホフマン短篇集	池内紀編訳
影をなくした男	池内紀訳 シャミッソー
流刑の神々・精霊物語	小沢俊夫訳 ハイネ
ブリギッタ 他一篇	シュティフター
森の泉 他一篇	宇多五郎訳 高安国世訳

みずうみ 他四篇	関泰祐訳 シュトルム
村のロメオとユリア	草間平作訳
沈鐘	阿部六郎訳 ハウプトマン
地霊・パンドラの箱―ルル二部作	岩淵達治訳 F・ヴェデキント
春のめざめ	酒寄進一訳 F・ヴェデキント
花・死人に口なし 他七篇	番匠谷英一訳 シュニッツラー
ゲオルゲ詩集	手塚富雄訳
リルケ詩集	手塚富雄訳
ドゥイノの悲歌	手塚富雄訳
ブッデンブローク家の人びと	望月市恵訳 トーマス・マン
トーマス・マン短篇集	実吉捷郎訳
魔の山 全二冊	関口存男訳 トーマス・マン
ヴェニスに死す	実吉捷郎訳 トーマス・マン
トニオ・クレエゲル	実吉捷郎訳 トーマス・マン
講演集 ドイツとドイツ人 他五篇	青木順三訳 トーマス・マン
講演集 リヒャルト・ワーグナーの苦悩と偉大 他一篇	青木順三訳 トーマス・マン
車輪の下	実吉捷郎訳 ヘルマン・ヘッセ

デミアン	実吉捷郎訳 ヘルマン・ヘッセ
シッダルタ	手塚富雄訳
ルーマニア日記	高橋健二訳 カロッサ
幼年時代	斎藤栄治訳 カロッサ
ジョゼフ・フーシェ―ある政治的人間の肖像	高橋禎二・秋山英夫訳 シュテファン・ツワイク
変身・断食芸人	山下肇・萬里慶夫訳
審判	辻瑆訳 カフカ
カフカ短篇集	池内紀編訳
カフカ寓話集	池内紀編訳
ドイツ炉辺ばなし集―カレンダーゲシヒテン	木下康光編訳 ヘーベル
ウィーン世紀末文学選	池内紀編訳
チャンドス卿の手紙 他十篇	檜山哲彦訳 ホフマンスタール
ホフマンスタール詩集	川村二郎訳
ドイツ名詩選	檜山哲夫編 生野幸吉編
聖なる酔っぱらいの伝説	池内紀訳 ヨーゼフ・ロート
暴力批判論 他十篇	野村修編訳 ベンヤミン
ボードレール 他五篇―ベンヤミンの仕事1	野村修編訳 ベンヤミン

《フランス文学》(赤)

ガルガンチュワ物語 ラブレー第一之書　渡辺一夫訳
パンタグリュエル物語 ラブレー第二之書　渡辺一夫訳
パンタグリュエル物語 ラブレー第三之書　渡辺一夫訳
パンタグリュエル物語 ラブレー第四之書　渡辺一夫訳
パンタグリュエル物語 ラブレー第五之書　渡辺一夫訳
ピエール・パトラン先生　渡辺一夫訳
エセー 全六冊　モンテーニュ　原二郎訳
ラ・ロシュフコー箴言集　二宮フサ訳
ブリタニキュス ベレニス　ラシーヌ　渡辺守章訳
ドン・ジュアン ―石像の宴　モリエール　鈴木力衛訳
いやいやながら医者にされ　モリエール　鈴木力衛訳
守銭奴　モリエール　鈴木力衛訳
完訳 ペロー童話集　新倉朗子訳
ラ・フォンテーヌ寓話 全二冊　今野一雄訳
カンディード 他五篇　ヴォルテール　植田祐次訳
ルイ十四世の世紀 全四冊　ヴォルテール　丸山熊雄訳

パサージュ論 全五冊

ヴァルター・ベンヤミン
今村仁司・三島憲一
大貫敦子・高橋順一
塚原史・細見和之
村岡晋一・山本尤
横張誠・與謝野文子
吉村和明訳

ジャクリーヌと日本人　ヤーコプ　相良守峯訳
ヴィオリーヌ ダドンの死 レリ　ビューヒナー　岩淵達治訳
人生処方詩集　エーリヒ・ケストナー　小松太郎訳
終戦日記一九四五　アンナ・ゼーガース　酒寄進一訳
第七の十字架 全二冊　新山下肇訳　村浩訳

美味礼讃

ブリア＝サヴァラン　関根秀雄・戸部松実訳
近代人の自由と古代人の自由・征服の精神と簒奪 他一篇　バンジャマン・コンスタン　堤林剣・堤林恵訳
恋愛論 全二冊　スタンダール　杉本圭子訳
赤と黒 全二冊　スタンダール　桑原武夫・生島遼一訳
ゴプセック・毬打つ猫の店　バルザック　芳川泰久訳
艶笑滑稽譚 全三冊　バルザック　石井晴一訳
レ・ミゼラブル 全四冊　ユゴー　豊島与志雄訳
ライン河幻想紀行　ユゴー　榊原晃三編訳
ノートル=ダム・ド・パリ 全二冊　ユゴー　松下和則訳
モンテ・クリスト伯 全七冊　アレクサンドル・デュマ　山内義雄訳
三銃士 全二冊　デュマ　生島遼一訳
カルメン　メリメ　杉捷夫訳
愛の妖精(プチット・ファデット)　ジョルジュ・サンド　宮崎嶺雄訳
ボオドレール 悪の華　鈴木信太郎訳
感情教育 全二冊　フローベール　生島遼一訳
紋切型辞典　フローベール　小倉孝誠訳
サラムボー 全二冊　フローベール　中條屋進訳

2023.2 現在在庫　D-2

未来のイヴ 全二冊	ヴィリエ・ド・リラダン	渡辺一夫訳
風車小屋だより	ドーデ	桜田佐訳
サフォー —パリ風俗	ドーデ	朝倉季雄訳
プチ・ショーズ —ある少年の物語	ドーデ	原千代海訳
少年少女	アナトール・フランス	三好達治訳
テレーズ・ラカン	エミール・ゾラ	小林正訳
ジェルミナール 全三冊	エミール・ゾラ	安士正夫訳
獣人 全一冊	エミール・ゾラ	川口篤訳
氷島の漁夫	ピエール・ロチ	吉氷清訳
マラルメ詩集		渡辺守章訳
脂肪のかたまり	モーパッサン	高山鉄男訳
メゾンテリエ 他三篇	モーパッサン	高山鉄男訳
モーパッサン短篇選	モーパッサン	河盛好蔵訳
わたしたちの心	モーパッサン	笠間直穂子訳
地獄の季節	ランボオ	小林秀雄訳
対訳 ランボー詩集 —フランス詩人選[1]	ランボー	中地義和編
にんじん	ルナァル	岸田国士訳
ジャン・クリストフ 全四冊	ロマン・ローラン	豊島与志雄訳
ベートーヴェンの生涯	ロマン・ローラン	片山敏彦訳
シェリ	コレット	工藤庸子訳
シェリの最後	コレット	工藤庸子訳
ミレー	ロマン・ロラン	蛯原徳夫訳
フランシス・ジャム詩集	フランシス・ジャム	手塚伸一訳
三人の乙女たち	フランシス・ジャム	手塚伸一訳
法王庁の抜け穴	アンドレ・ジイド	石川淳訳
狭き門	アンドレ・ジイド	川口篤訳
モンテーニュ論	アンドレ・ジイド	渡辺一夫訳
ムッシュー・テスト	ポール・ヴァレリー	清水徹訳
精神の危機 他十五篇	ポール・ヴァレリー	恒川邦夫訳
ドガ ダンス デッサン	ポール・ヴァレリー	塚本昌則訳
シラノ・ド・ベルジュラック		辰野隆・鈴木信太郎訳
地底旅行	ジュール・ヴェルヌ	朝比奈弘治訳
八十日間世界一周	ジュール・ヴェルヌ	鈴木啓二訳
海底二万里	ジュール・ヴェルヌ	村松潔訳
死霊の恋・ポンペイ夜話 他三篇	ゴーチエ	田辺貞之助訳
火の娘たち	ネルヴァル	野崎歓訳
ジュスチーヌまたは美徳の不幸	サド	ユルスナール訳
ノディエ幻想短篇集	ノディエ	篠田知和基編訳
生きている過去	レニエ	窪田般彌訳
フランス短篇傑作選		山田稔編訳
シュルレアリスム宣言・溶ける魚	アンドレ・ブルトン	巌谷國士訳
ナジャ	アンドレ・ブルトン	巌谷國士訳
とどめの一撃	ユルスナール	岩崎力訳
フランス名詩選		安藤元雄・入沢康夫・渋沢孝輔編
A.O.バルナブース全集 全二冊	ラルボー	ヴァレリー・ラルボー
繻子の靴 全二冊	クローデル	渡辺守章訳
心変わり	ミシェル・ビュトール	清水徹訳
悪魔祓い		岩崎力訳
失われた時を求めて 全十四冊	プルースト	吉川一義訳
シルトの岸辺	ジュリアン・グラック	安藤元雄訳

2023.2 現在在庫 D-3

星の王子さま	サン=テグジュペリ 内藤　濯訳
プレヴェール詩集	小笠原豊樹訳
ペスト	カミュ 三野博司訳
サラゴサ手稿 全三冊	ヤン・ポトツキ 畑浩一郎訳
《別冊》	
増補 フランス文学案内	渡辺一夫
増補 ドイツ文学案内	鈴木力衛
ことばの花束 —岩波文庫の名句365—	神品芳夫
ことばの贈物 —岩波文庫の名句365—	手塚富雄
	岩波文庫編集部編
	岩波文庫編集部編
愛のことば —岩波文庫から—	岩波文庫編集部編
世界文学のすすめ	大岡信編
近代日本文学のすすめ	本大三郎編 大野晋編 奥池義彦編
近代日本思想案内	十川信介編 曾根博義編 菅野昭正編 加賀乙彦編
近代日本文学案内	十川信介編
ポケットアンソロジー この愛のゆくえ	中村邦生編
スペイン文学案内	佐竹謙一

一日一文 英知のことば 声で読む 美しい日本の詩	木田元編 大岡信編 谷川俊太郎編

2023.2 現在在庫　D-4

《東洋文学》(赤)

- 楚　辞　小南一郎訳注
- 杜甫詩選　黒川洋一編
- 李白詩選　松浦友久編訳
- 唐詩選　前野直彬注解
- 完訳 三国志　全八冊　小川環樹・金田純一郎訳
- 西遊記　全十冊　中野美代子訳
- 菜根譚　今井宇三郎訳注
- 魯迅評論集　竹内好編訳
- 阿Q正伝・狂人日記 他十二篇〔新編〕　竹内好訳
- 歴史小品　松枝茂夫若
- 家　巴金　飯塚朗訳
- 新編 中国名詩選　全三冊　川合康三編訳
- 唐宋伝奇集　全二冊　今村与志雄訳
- 聊斎志異　全二冊　蒲松齢　立間祥介編訳
- 李商隠詩選　川合康三選訳
- 白楽天詩選　全二冊　川合康三訳注

文選　全六冊

川合康三・富永一登・釜谷武志・和田英信
浅見洋二・緑川英樹訳注

- 曹操・曹丕・曹植詩文選　川合康三編訳
- ケサル王物語 ——チベットの英雄叙事詩　アレクサンドラ・ダヴィッド＝ネール／アプール・ユンデン　富樫瓔子訳
- バガヴァッド・ギーター　上村勝彦訳
- ドライラマ六世恋愛詩集　今枝由郎編訳
- ヘシオドス 神統記　廣川洋一訳
- バッカイ ——バッコスに憑かれた女たち　エウリーピデース　逸見喜一郎訳
- ソポクレス コロノスのオイディプス　高津春繁訳
- ソポクレス オイディプス王　藤沢令夫訳
- アンティゴネー　ソポクレース　中務哲郎訳
- 朝鮮童謡選　金素雲編
- 朝鮮短篇小説選　全二冊　大村益夫・三枝壽勝編訳
- 尹東柱詩集 空と風と星と詩　金時鐘編訳
- アイヌ民譚集 付えぞおばけ列伝　知里真志保編訳
- アイヌ神謡集　知里幸惠編訳
- アイヌ叙事詩 ユーカラ　金田一京助採集並訳

《ギリシア・ラテン文学》(赤)

- ホメロス イリアス　全二冊　松平千秋訳
- ホメロス オデュッセイア　全二冊　松平千秋訳
- イソップ寓話集　中務哲郎訳
- アイスキュロス アガメムノーン　久保正彰訳
- アイスキュロス 縛られたプロメーテウス　呉茂一訳
- 女の議会　アリストパネース　村川堅太郎訳
- ダフニスとクロエー　ロンゴス　松平千秋訳
- アポロドーロス ギリシア神話　高津春繁訳
- オウィディウス 変身物語　全二冊　中村善也訳
- ギリシア・ローマ抒情詩選 ——花冠　呉茂一訳
- ギリシア・ローマ神話 付インド・北欧神話　ブルフィンチ　野上弥生子訳
- ギリシア・ローマ名言集　柳沼重剛編

2023.2 現在在庫　E-1

《南北ヨーロッパ他文学》(赤)

- ダンテ **新生** 山川丙三郎訳
- カヴァルカンティ／他十一篇 カヴァレリーア ア他十一篇 **夢のなかの夢 タブッキ** 和田忠彦訳
- カルヴィーノ／イタリアーノ **イタリア民話集** 全三冊 G・ヴェルガ／他 河島英昭訳
- カルヴィーノ **むずかしい愛** 河島英昭編訳
- カルヴィーノ **パロマー** 和田忠彦訳
- カルヴィーノ **魔法の庭・他十四篇** 和田忠彦訳
- カルヴィーノ **アメリカ講義——新たな千年紀のための六つのメモ** 米川良夫訳
- カルヴィーノ **まっぷたつの子爵** 河島英昭訳
- カルヴィーノ **木のぼり男爵** 米川良夫訳
- カルヴィーノ **不在の騎士** 河島英昭訳
- ペトラルカ **ルネサンス書簡集** 近藤恒一編訳
- ルカ **無知について** 近藤恒一訳
- パヴェーゼ **美しい夏** 河島英昭訳
- パヴェーゼ **流刑** 河島英昭訳
- パヴェーゼ **祭の夜** 河島英昭訳
- パヴェーゼ **月と篝火** 河島英昭訳
- ウンベルト・エーコ **小説の森散策** 和田忠彦訳

- ウンベルト・エーコ **バウドリーノ** 全三冊 堤康徳訳
- ブッツァーティ **タタール人の砂漠** 脇功訳
- **ラサリーリョ・デ・トルメスの生涯** 会田由訳
- セルバンテス **ドン・キホーテ** 前篇 全三冊 牛島信明訳
- セルバンテス **ドン・キホーテ** 後篇 全三冊 牛島信明訳
- モラティン **娘たちの空返事・他一篇** 竹内博一訳
- J・R・ヒメネス **プラテーロとわたし** 長南実訳
- ロペ・デ・ベガ **セビーリャの色事師と石の招客・他一篇** 佐竹謙一訳
- ティラン・ロ・ブラン 全四冊 J・マルトゥレイ／M・J・ガルバ 田澤耕訳
- マルセー・ルドゥレダ **ダイヤモンド広場** 田澤耕訳
- アンデルセン **即興詩人** 大畑末吉訳
- アンデルセン **アンデルセン自伝** 大畑末吉訳
- アンデルセン **アンデルセン童話集** 全七冊 大畑末吉訳
- ヤコブセン **ここに薔薇ありせば・他五篇** 矢崎源九郎編
- **フィンランド叙事詩 カレワラ** 全二冊 小泉保訳
- **王の没落** イェンセン 長島要一訳

- イプセン **人形の家** 原千代海訳
- イプセン **野鴨** 原千代海訳
- ストリンドベルク **令嬢ユリエ** 茅野蕭々訳
- アミエル **アミエルの日記** 全四冊 河野与一訳
- シェンキェーヴィチ **クオ・ワディス** 全三冊 木村彰一訳
- カレル・チャペック **山椒魚戦争** 栗栖継訳
- カレル・チャペック **ロボット(R.U.R.)** 千野栄一訳
- カレル・チャペック **白い病** 阿部賢一訳
- カレル・チャペック **マクロプロスの処方箋** アンジェイェフスキ 川上洸訳
- ショレム＝アレイヘム **牛乳屋テヴィエ** 西成彦訳
- イヴォ・アンドリッチ **灰とダイヤモンド** 渡辺暢子訳
- オマル・ハイヤーム **千一夜物語** 完訳 全十三冊 岡部正孝訳
- サアディー **ルバイヤート** 小川亮作訳
- フェルドウスィー **ゴレスターン** 沢英三訳
- **王書** 古代ペルシャの神話・伝説 岡田恵美子訳
- **中世騎士物語** ブルフィンチ 野上弥生子訳
- コルタサル **悪魔の涎・追い求める男 他八篇** 木村榮一訳

2023.2 現在在庫 E-2

遊戯の終わり　コルタサル／木村榮一訳	密林の語り部　バルガス=リョサ／西村英一郎訳	
秘密の武器　コルタサル／木村榮一訳	ラ・カテドラルでの対話　バルガス=リョサ／旦敬介訳	
ペドロ・パラモ　フアン・ルルフォ／杉山晃・増田義郎訳	弓と竪琴　オクタビオ・パス／牛島信明訳	
燃える平原　フアン・ルルフォ／杉山晃訳	ラテンアメリカ民話集　三原幸久編訳	
伝奇集　J.L.ボルヘス／鼓直訳	やし酒飲み　エイモス・チュツオーラ／土屋哲訳	
創造者　J.L.ボルヘス／鼓直訳	薬草まじない　エイモス・チュツオーラ／土屋哲訳	
続審問　J.L.ボルヘス／中村健二訳	マイケル・K　J.M.クッツェー／くぼたのぞみ訳	
七つの夜　J.L.ボルヘス／野谷文昭訳	キリストはエボリで止まった　カルロ・レーヴィ／竹山博英訳	
詩という仕事について　J.L.ボルヘス／鼓直訳	ミゲル・ストリート　V.S.ナイポール／小沢自然・小野正嗣訳	
汚辱の世界史　J.L.ボルヘス／中村健二訳	クァジーモド全詩集　河島英昭訳	
プロディーの報告書　J.L.ボルヘス／鼓直訳	ウンガレッティ全詩集　河島英昭訳	
アレフ　J.L.ボルヘス／鼓直訳	ゼーノの意識　ズヴェーヴォ／堤康徳訳	
語るボルヘス　J.L.ボルヘス／木村榮一訳	クォーレ　全二冊　デ・アミーチス／和田忠彦訳	
20世紀ラテンアメリカ短篇選　野谷文昭編訳	冗談　ミラン・クンデラ／西永良成訳	
フエンテス短篇集　アウラ・純な魂 他四篇　木村榮一訳	小説の技法　ミラン・クンデラ／西永良成訳	
アルテミオ・クルスの死　バルガス=リョサ／木村榮一訳	世界イディッシュ短篇選　西成彦編訳	
緑の家　全二冊　バルガス=リョサ／木村榮一訳	シェフチェンコ詩集　藤井悦子編訳	

岩波文庫の最新刊

道徳形而上学の基礎づけ
カント著／大橋容一郎訳

カント哲学の導入にして近代倫理の基本書。人間の道徳性や善悪、正義と意志、義務と自由、人格と尊厳などを考える上で必須の手引きである。新訳。〔青六二五-一〕 定価八五八円

人倫の形而上学
第二部 徳論の形而上学的原理
カント著／宮村悠介訳

カント最晩年の、「自由」の「体系」をめぐる大著の新訳。第二部では「道徳性」を主題とする。『人倫の形而上学』全体に関する充実した解説も付す。〔全二冊〕〔青六二六-五〕 定価一二七六円

新編 虚子自伝
高浜虚子著／岸本尚毅編

高浜虚子(一八七四-一九五九)の自伝。青壮年時代の活動、郷里、子規や漱石との交遊歴を語り掛けるように回想する。近代俳句の巨人の素顔にふれる。〔緑二八-一二〕 定価一〇〇一円

孝経・曾子
末永高康訳注

『孝経』は孔子がその高弟曾子に「孝」を説いた書。儒家の経典の一つとして、『論語』とともに長く読み継がれた。曾子学派による師の語録『曾子』を併収。〔青二一一-一〕 定価九三五円

千載和歌集
久保田淳校注

……今月の重版再開

〔黄一二三-二〕 定価一三五三円

国家と宗教
——ヨーロッパ精神史の研究——
南原繁著

〔青一六七-二〕 定価一三五三円

定価は消費税10％込です　　2024.4

岩波文庫の最新刊

過去と思索(一) ゲルツェン著/金子幸彦・長縄光男訳

人間の自由と尊厳の旗を掲げてロシアから西欧へと駆け抜けたゲルツェン(一八一二―一八七〇)。亡命者の壮烈な人生の幕が今開く。自伝文学の最高峰。(全七冊)〔青N六一〇-一〕 定価一五〇七円

過去と思索(二) ゲルツェン著/金子幸彦・長縄光男訳

逮捕されたゲルツェンは、五年にわたる流刑生活を余儀なくされた。「シベリアは新しい国だ」。二十代の青年は何を経験したのか。(全七冊)〔青N六一〇-二〕 定価一五〇七円

正岡子規スケッチ帖 復本一郎編

子規の絵は味わいある描きぶりの奥に気魄が宿る。最晩年に描かれた画帖『菓物帖』『草花帖』『玩具帖』をフルカラーで収録する。子規の画論を併載。〔緑一三一-四〕 定価九二四円

ウンラート教授 あるいは一暴君の末路 ハインリヒ・マン作/今井敦訳

酒場の歌姫の虜となり転落してゆく『ウンラート(汚物)教授』を通して、帝国社会を諧謔的に描き出す。マレーネ・ディートリヒ出演の映画『嘆きの天使』原作。〔赤四七四-一〕 定価一二二一円

頼山陽詩選 揖斐高訳注

〔黄二三一-五〕 定価一一五五円

……今月の重版再開……

野草 魯迅作/竹内好訳

〔赤二五-一〕 定価五五〇円

定価は消費税10％込です　2024.5